결국 나를 사랑하는 일

결국 나를 사랑하는 일

1판 1쇄 발행 2024년 6월 10일
1판 2쇄 발행 2024년 6월 17일

지은이   사과이모

펴낸곳   책과이음
대표전화   0505-099-0411
팩스   0505-099-0826
이메일   bookconnector@naver.com
출판등록   2018년 1월 11일 제395-2018-000010호

홈페이지   https://bookconnector.modoo.at/
페이스북   /bookconnector
블로그   /bookconnector
유튜브   @bookconnector
인스타그램   @book_connector
독자교정   김화영 서지음 조영주

ⓒ 사과이모, 2024

ISBN 979-11-90365-64-2 03180

책과이음 : 책과 사람을 잇습니다!

흔들리고 아파하는 너에게 전하는
가장 다정한 안부

사과이모 지음

결국 나를 사랑하는 일

책과이음

오랫동안 진로 상담사로 일해왔습니다. '사람'
과 '직업'에 관심을 두고 세상을 바라보는 일인지라 자기 일
을 통해 스스로를 자유롭게 표현하며 행복하게 사는 사람
들을 만나면 늘 궁금했지요. 어쩌면 저렇게 행복해 보일까?
어떻게 자기 일을 저렇게 사랑하는 거지? 삶을 사는 데 필
요한 무슨 비밀이라도 알고 있는 게 아닐까?

비밀이라고 하기에는 조금 거창하지만, 제가 살펴본 행
복한 사람들에게는 분명히 다른 이와 구분되는 특별한 공
통점이 있었습니다. 무엇보다 그들은 '자기 자신을 사랑'했
습니다. 스스로를 귀하게 여기고, 괜찮은 사람이라고 믿고
있는 듯 보였지요. 자신과 대화하는 시간을 소중히 생각하
고, 자신의 장단점에 대해 잘 알고 있었습니다. 또 그들은
'지금 여기'에 몰입할 줄 알았습니다. 일할 때는 온 주의를
쏟으며 그 일에 집중하고, 사람들과 함께 있을 때는 진짜 같

이 있다는 느낌을 주었지요.

　사실 제가 읽은 책에 나오는 수많은 현인들도 이 두 가지를 강조하는 것 같았습니다. '자기 사랑'과 '지금 여기' 말이죠. 오래도록 저는 이 두 가지가 어떤 의미인지, 어떤 상관관계가 있는지 궁금했습니다. 어떨 때는 자기 사랑이 먼저인 것도 같았고, 어떨 때는 지금 이 순간이 먼저인 것도 같았고, 또 어떨 때는 그 둘이 동시다발적으로 이루어지는 건 아닌지 의심스러웠습니다. 가끔은 혹시 이 두 가지가 동의어는 아닐까 하는 의문도 들었지요.

　이런 궁금증을 지니고 있던 어느 날 〈우선, 달콤한 풀〉이란 시를 만났습니다. 인간과 자연의 관계를 탐구하는 미국 현대 시인 메리 올리버의 이 시는 시인의 열여섯 번째 시집 《세상을 받아들이는 방식》에 수록되었는데, 일흔 중반에 접어든 시인이 삶을 바라보는 깊은 통찰이 담겨 있습니다. 시집의 중심 시구이기도 한 아래 문장이 인상적이었지요.

　"먼저 자기 자신을 사랑해. 그다음엔 그걸 잊어. 그다음엔 세상을 사랑하는 거지."

　저는 이 문장의 의미에 대해 곰곰이 생각해보았습니다. 제 궁금증에 대한 답이 되지 않을까, 라는 생각이 들었기 때문이지요. 시인이 전 생애를 통해 깨달은 삶의 진실, 그

너의 '앎'에 기대보고 싶었습니다. 단순하지만 핵심을 품고 있는 것만 같은 이 문장을 '진로'의 관점에서 바라보고 고민해보았습니다.

진로進路는 '나아갈 진'과 '길 로', 즉 나아가야 할 길이자 방향입니다. 내가 어떤 방향으로 나아갈 것인지 끊임없이 스스로에게 묻고 답하는 과정이지요. 진로 상담은 인생 상담과 비슷합니다. 단편적으로 인생의 어느 시기에 하는 일이 아니라 한 사람의 삶 전체를 통합적인 시선으로 바라볼 수 있어야 합니다. 내담자의 재능이나 관심사, 장단기 목표뿐만 아니라 그가 자신을 얼마나 사랑하는지 혹은 미워하는지, 어느 지점에 멈춰 서 있는지, 외부 환경은 어떠한지 등 인생 전반에 대해 충분히 나누어야 하지요. 메리 올리버가 '자기 사랑'을 이 문장의 가장 앞부분에 놓았듯, 진로 찾기에 앞서 자기 사랑이 선행되어야 하는 것도 바로 이 점 때문입니다.

일의 시작점에서는 재능과 적성이 큰 역할을 하지만 일을 꾸준히 해나가는 데는 책임감이 필요합니다. 세상 어떤 일이든 타인의 평가나 외부 조건에서 자유로울 수 없습니다. 일을 하다 보면 주위의 시선이 차갑거나 내외부 상황이 뜻대로 되지 않아 두렵고 막막할 때가 있지요. 그럴 때 그동안 책임감을 가지고 열심히 해낸 나와 내 일을 존중하고 사랑하는 마음이 단단한 기둥이 되어줍니다. 흔들릴 수는 있지만 적어도 무너지지 않게 해주지요. 이처럼 자기 사랑은 한 사람이 커리어를 이어가는 데 매우 중요한 요소입니다.

자기 사랑은 긴 여정입니다. 사람마다 자라온 환경이 다르고, 걸려 넘어지는 지점 또한 제각각입니다. 그럴수록 자기 자신에 대한 이해가 필요하지요. 자신의 과거와 지금의 모습을 인정하고 받아들여야 합니다. 보기 싫은 모습조차 외면하지 않고 끌어안아야 합니다. 끊임없이 자신에게 괜찮다고 말해줘야 하지요. 그러다 보면 서서히 자신을 받아들이게 됩니다. 그렇게 충분히 자신을 인정하고 허용하다 보면 차츰 감정적인 허기도 채워집니다.

그즈음 자신에게 질문하게 되지요. 나는 누구지? 나는 어떤 걸 좋아하지? 나는 무슨 일을 할 때 행복하지? 바로 이런 질문에 대한 답을 찾기 위해 비로소 삶을 살기 시작합니다. 이것저것 시도하고 탐색하면서 자신이 좋아하는 것, 싫어하는 것, 잘하는 것 등을 발견하게 되죠. 그사이 서너 번 이상 직업이 바뀌기도 하고, 뜻하지 않은 좌절과 실패가 찾아올 수도 있습니다.

결국 자신이 사랑하는 일을 할 때, 사람들은 여기저기 기웃대기를 멈추고 온전히 지금 여기를 살아갑니다. 허망한 생각으로 과거와 미래를 오가는 것이 아니라 오직 지금 여기에 집중하게 되지요. 몰입할수록 성과도 좋아지고 스스로에 대한 믿음도 커집니다. 자신을 지키거나 보호하려는 방어기제도 조금씩 사라지지요. 누군가의 말에 좌지우지되지 않고, 더 이상 타인의 인정에 과도하게 기대지 않게 됩니다.

그다음 단계는, 조금 아이러니하게 들릴지 모르지만, 시인이 말한 것처럼 나를 잊는 일입니다. 대체로 사람들은 자기 자신의 안위에 대한 걱정으로 작은 '나(에고)'에 온 주의를 집중해 살아갑니다. 내 미래가 어떻게 될지 걱정하느라 조급하고 불안해하지요. 타인이 나를 어떻게 생각할지 걱정하며 주위의 눈치를 살피는 데 많은 에너지를 쓰기도 하죠.

그랬던 작은 '나'가 자기 자신을 있는 그대로 허용하고 사랑하게 되면, 자신이 좋아하는 일에 몰입하며 지금 여기를 살게 되면, 과도하게 쏠려 있던 자기 자신에 대한 걱정이 서서히 사라집니다. 그러면서 그동안 나에게만 보냈던 관심과 주의를 타인과 세상을 향해 돌리지요. 개체적 자아가 차츰 사라지며 세상을 사랑하게 되는 겁니다.

사람들은 자기 자신을 사랑하고 싶어 합니다. 쓸모 있고 필요한 존재가 되어 세상에 기여하고 싶어 하지요. 타인을 사랑하고 세상과 연결되고 싶어 합니다. 제가 인생을 살아오며 만난 모든 사람들에게서 이와 같은 마음을 느낄 수 있었습니다.

저는 우리가 자기 사랑이 촘촘히 채워진 도화지 위에 자기만의 그림을 마음껏 그렸으면 좋겠습니다. 그림을 그리고 있다는 사실 자체를 잊을 정도로 자기 일을 사랑하고, 그 일과 하나가 되었으면 합니다. 무엇보다 바라는 건, 우리가 이 생에 온 진짜 이유를 깨달았으면 한다는 겁니다. 외부의 평가와 세상의 잣대에 흔들리지 않고 진정한 자기 자신이 누구인지에 눈떴으면 좋겠습니다. 《데미안》에서 싱클레어가 말한 대로 "우리 각자에게 주어진 진정한 소명이란 오직 자기 자신에게로 가는 것, 그것뿐"이 아닐까요.

이 책은 제가 진로 상담사와 독서모임 운영자로 살아오며 만났던 사람들과 마음공부를 하며 진짜 '나'와 만났던 이야기를 담고 있습니다. 지난 일을 글로 적는 것은 결코 쉽지 않은 작업이었습니다. 그럴 때마다 글을 쓰기로 다짐했던 첫 마음을 떠올렸습니다. 이 이야기가 지금 어디선가 힘들어하고 있을 누군가에게 위로가 된다면, 그것으로 충분하다고 말이죠. 부족한 글이나마 이 책을 통해 단 한 사람이라도 행복해지길 바라는 간절한 마음을 고이 담아 부칩니다. 누군가에게 그 마음이 닿는다면, 그것은 '지금 여기, 사랑'이었으면 합니다.

어느 봄과 여름 사이
당신을 사랑하는 사과이모로부터

차례

PART 1　결국 나를 마주하는 일

PART 2 지금 이 순간 사랑할 것

PART 3   삶을 사랑하며 나로 살아가며

PART 1

결국 나를 마주하는 일

나를 데리고는
사랑에 갈 수 없다

여느 날과 다름없이 그날 예정된 상담 시간을 무사히 마무리하던 즈음, 마주 앉은 내담자가 조금 머뭇거리는 듯하더니 이후 제 머릿속에 오랫동안 각인될 이야기 하나를 들려주었습니다.

"선생님은 정말로 제 얘기를 들어주시는 것 같아요. 그래서 저도 건성으로 하지 않고, 잘 듣고 곰곰이 생각해보고 말하게 돼요. 평소에는 그런 경험이 거의 없거든요. 사람들이랑 얘기할 때도 대충 듣거나 휴대폰 화면 보면서 흘려듣기도 하고요. 근데 선생님이랑 이야기할 때는 찐 소통 같은 느낌? 그 느낌이 들어서 참 신기하고 좋아요."

이 말이 오래 기억에 남은 이유는 사실 그만큼 잘 듣는 것이 어렵기 때문입니다. 상담할 때는 주로 내담자와 3 대 7의 법칙을 유지하려고 노력합니다. 내담자가 7만큼 말하고, 상담자는 7만큼 들어준다는 의미입니다. 이때 경청에 가장 방해가 되는 요인은 상담을 잘하고 싶은 '나'라는 에고입니다. 내가 지혜롭게 상담해줘야 한다거나 내가 저 문제를 해결해줘야 한다는 조급한 마음이 문제이지요. 어떻게 말할지 생각하느라 정작 상대의 이야기를 제대로 듣지 못하고 한쪽으로 제 생각을 가동하는 경우가 종종, 아니 자주 있습니다.

반대로 '나'에 대한 어떠한 생각 없이 온 주의를 상대에게 향하고 들으면 어느 순간 상대와 하나 됨을 느낍니다. 나의 존재는 사라지고 서로의 가슴이 하나가 되지요. 그때는 머리 굴리지 않아도 지금 그의 가슴이 어떠한지 그대로 느껴지고, 어떤 말을 해줘야 할지 실마리가 보입니다. 그럴 때 가벼운 마음으로 상대가 꼭 생각해보면 좋을 것 같은 질문을 몇 가지 던지곤 합니다. 그러면 상대는 '어? 내 이야기를 다 듣고 있었잖아!' 하며 존중받는다고 느낍니다. 많은 말을 하지 않고도 말 너머의 말, 경청의 태도로 내 앞의 존재를 살릴 수 있다는 것을 경험을 통해 배우지요. 좋은 상담이란 나와 내 생각을 내려놓는 것이 우선이구나 싶습니다. 물론 알면서도 매번 그렇게 하기는 쉽지 않지만요.

경청은 모든 감각을 동원해야 가능합니다. 귀만 여는 것이 아니라 오감을 백 퍼센트 활용해서 상대에게 초점을 맞추어야 하지요. 감각을 동시다발적으로 움직여야 하니 생각은 살포시 내려놓습니다. '얘 또 시작이네.' '다음에 무슨 말 하지?' '그래, 너 잘났다.' '아, 점심때 뭐 먹지.' '얘는 왜 이렇게 논리가 부족한 거야!' 등등 일체의 생각을 호주머니에 잠시 넣어둬야 한다는 뜻입니다. 생각을 쓰지 않는다는 것은, 달리 말하면 나라는 존재를 데려가지 않는 것입니다. 나를 데리고는 상대의 이야기를 들을 수 없지요. 상대에 대해 과거에 지어낸 '내 생각'과 듣는 순간 무수히 피어오르는 '내 생각'을 안고서는 지금 내 앞의 그에게 가닿을 수 없습니다. 모든 마음을 비우고 보고 듣고 느껴야 지금 이 순간 진정한 그의 속마음이 들립니다. 깨끗한 도화지에 그림을 그려야 사물이 있는 그대로 드러나듯이 말이지요.

그런 의미에서 경청이란 한 존재에게 내보일 수 있는 가장 아름다운 자세이자 몸짓, 사랑이 아닐까 생각해봅니다. '듣다'와 '사랑하다'라는 낱말은 연관성이 없어 보이지만 떼어낼 수 없는 한 몸과도 같습니다. 사랑이 어려운 만큼 듣기도 어렵습니다. 진짜 들어준다는 것은, 상대에 대해 어떤 판단도 하지 않고 있는 그대로 받아들인다는 의미입니다. 그것은 사랑과 다르지 않지요.

나를 데리고는 들을 수 없습니다. 나를 데리고는 사랑에 갈 수 없습니다. 판단과 분별, 욕망과 저항을 내려놓고 빈 도화지로 너에게 갈 때, 그때 비로소 나는 너를 듣습니다. 그 순간 너와 내가 만날 수 있습니다. 사랑은 그렇게 귀를 통해 옵니다.

내가 나에게
이름을 지어준다는 것

다슬이와 10회기에 걸쳐 진행해온 진로 상담이 마무리되는 날이었습니다. 저는 주로 마지막 상담은 카페에서 조금은 일상적이고 편안한 분위기로 진행합니다. 이날도 마찬가지로 상담실 근처의 조용한 카페에서 만나 커피를 고르고 결제하려는데, 다슬이가 극구 커피값을 내겠다며 말했습니다. "저 진짜로 선생님한테 감사해서 사드리고 싶어요. 제가 사게 해주세요." 기특하고 뭉클했습니다. "그래요! 그럼 맛있게 잘 마실게요." 어쩔 수 없이 허락하자 다슬이의 얼굴이 한결 환해졌습니다. 그 모습을 보고 있자니 문득 유난히 조심스러워하던 다슬이와의 첫 상담 시간이 떠올랐습니다.

"안녕하세요, 다슬이에요."
다슬이는 잔뜩 긴장된 표정으로 제 눈치를 살피며 인사했습니다.

"반가워요, 다슬 씨. 이름이 참 예쁘네요. 부모님이 지어주신 이름이에요?"

"아……, 혹시 본명을 얘기해야 하나요?"

"꼭 그럴 필요는 없어요. 다슬이로 불리고 싶으면 그렇게 해도 돼요. 다슬이는 닉네임 같은 건가요?"

"네……, 제가 저에게 지어준 이름이에요."

"와, 멋지다! 자기가 자신에게 이름을 지어준다는 게 참 멋지네요. 무슨 뜻인지 물어봐도 돼요?"

멋지다는 호응에 긴장이 다소 풀렸는지 다슬이가 조금은 힘이 난 듯한 목소리로 설명했습니다.

"예쁜 순우리말 이름을 찾다가 발견했는데요, '모든 일을 다 슬기롭게 헤쳐나간다'는 뜻이에요."

이야기를 들려주던 다슬이의 눈은 조용한 분위기에서도 구슬처럼 반짝반짝 빛났습니다. 그때 저는 어쩐지 다슬이가 저를 닮았다는 생각이 들었습니다. 저 역시 본명보다 '사과'라는 별칭이 익숙합니다. 영어 이름이자 별명인 '애플' '사과' '사과이모' '애플샘' 등으로 불리고 있지요. '사과'라는 별명은, 좀 거창할 수 있지만 만유인력의 법칙에 등장하는 뉴턴의 사과에서 따왔습니다. 모든 사물이 서로를 끌어당긴다는 점에 매력을 느꼈지요. 내가 원하는 것을 끌어당기며 살고 싶다는 마음과 함께 '사과'의 여정이 시작된 것이죠.

스무 살 성인식에 각자가 자신의 이름을 직접 지어주는 것이 의무화된다면 어떨까 하는 기분 좋은 상상을 하며, 다슬이가 따뜻한 커피 두 잔을 쟁반에 받쳐 들고 테이블 쪽으로 걸어오는 것을 가만히 바라보았습니다. 걷는 모습이 무척 편안하고 여유로워 보였습니다. 처음 상담을 시작할 때 잔뜩 긴장한 고양이처럼 상대와 상황을 예민하게 살피던 모습은 거의 보이지 않았습니다. 상담을 받으면서 다슬이의 마음이 실제로 편안해졌을까? 다슬이의 마음이 궁금했지요.

커피를 한 모금 마시며 "상담 어땠어요?" 하고 물어보니 다슬이는 가볍게 미소 지으며 답했습니다.

"상담이라는 걸 안 했으면 그대로였을 것 같아요. 저 자신이 어떤 사람인지 알 수 있었던 점이 가장 좋았어요. 그리고 제가 정말 저를 못살게 굴고 있다는 것도 알게 됐고요. (웃음) 제 인생의 터닝포인트가 되는 시간이었어요."

"와, 정말 반가운 이야기네요."

다슬이의 이야기에 제 가슴이 두근거렸지요.

"어제저녁에는 친구들이랑 술을 한잔했는데요, 친구 한 명이 오지랖이 넓어서 다른 테이블이랑 합석을 하게 되었어요. 저 혼자였으면 그런 일은 없었을 텐데……. 우연히 합석한 두 분이랑 이야기하는데, 제가 관심 있다고 한 설계 분야 있잖아요. 그중 한 분이 그쪽 일을 하시는 거예요. 나이는 삼십 대 초반 정도였는데, 그분이 앞으로 어떻게 준비하면 좋다고 이런저런 얘기를 해주셨어요. 번호도 교환하고, 신기한 경험이었어요."

"와, 잘했네요. 많은 사람의 이야기를 들어보면 그만큼 길이 더 잘 보이니까 시행착오를 덜 수 있어서 좋아요. 이삼십 대 청년이 '앞으로 어떻게 살아야 할지 모르겠어요. 막막해요'라고 말하는데 모른 척하는 어른은 없더라고요. 자기 이야기든 주변 이야기든 뭐든 들려주고 싶어 해요. 도와주고 싶은 마음. 나는 그런 게 모든 사람에게 있다고 생각해요. 그러니까 더 많이 물어봐요. 사람들에게 다슬이를 도울 기회를 줘요."

"네, 그래야겠어요. 혼자 해내야 한다는 생각이 많았는데 선생님 만나고 이야기 나누면서 사람들에게 마음을 여는 법도 배운 것 같아요."

우리는 이런저런 앞으로의 방향성에 대해 이야기하며 마지막 상담을 마치고 카페를 나섰습니다. 저와 반대 방향으로 가는 다슬이에게 인사를 건네고 돌아서 걸으며 생각했습니다. 앞으로 다슬이에게는 어떤 인생이 펼쳐질까. 혼자 해나가다 보면 분명 넘어질 일이 있을 텐데. 그럴 때 다슬이가 많이 헤매지 않으면 좋겠는데……. 어딘가 하나 소속된 곳 없이 방황하는 이삼십 대 젊은이들에 대한 안쓰러운 마음이 들어 뭉클했습니다.

그때 문득 카페에 우산을 두고 온 것이 생각났습니다. 발길을 돌려 다시 카페로 향하는데 저만치 걸어가는 다슬이의 뒷모습이 보였지요. 한쪽으로 죽 이어진 상점들이 궁금한 듯 고개를 두리번거리며 한 걸음씩 씩씩하게 걸어가는 모습이 눈에 들어왔습니다. 아, 저렇게 자기가 가야 할 길을 자기 걸음으로 잘 찾아가는 친구인데 내가 괜한 걱정을 했나? 갑자기 빙그레 웃음이 나며 동시에 왠지 모를 안도감이 느껴졌습니다.

마음속으로 다슬이를 응원하고 있으려니 문득 김춘수의 시 〈꽃〉이 떠올랐습니다. 시인의 말처럼 우리 모두는 자신의 빛깔과 향기에 알맞은 자기만의 이름을 지니고 있지요. 그리고 누군가 그 이름을 불러주기를, 세상이 나를 알아봐주기를 간절히 바라며 살아갑니다.

물론 누군가 제 이름을 불러주길 기다렸던 아름답고 따가운 청춘은 지나갔습니다. 그러나 지금의 저는 스스로 저에게 이름을 지어주며 살아갑니다. 여전히 불안하고 헤맬 때가 있지만 나만의 꽃인 '나꽃'을 피워내는 중이라고 믿으며 저만의 걸음으로 한 걸음씩 나아가고 있지요. 다슬이 또한 저처럼 자신만의 길을 그렇게 뚜벅뚜벅 걸어가겠지요. 때로는 세상을 개척하는 탐험가가 되어 힘차게 나아가기도, 때로는 세상의 비정에 마음 아파하며 주저앉기도 하겠지요.

그러나 다슬이가 어떤 경험을 하든, 이름 그대로 다 슬기롭게 헤쳐나가는 다슬이니까 분명히 잘해낼 거라고, 자기 몫의 씨앗을 아름다운 꽃으로 피워낼 거라고 믿고 또 기도해봅니다.

너 그때 아팠구나

똑 부러지는 이미지에 자기 분야에서도 널리 인정받는 삼십 대 전문직 여성과 상담실에서 마주 앉았습니다. 한눈에 보아도 당당하고 아름다운 외모와 외부 조건 덕에 조금의 빈틈도 발견되지 않았지만, 어째서인지 그럴수록 왠지 그녀가 남몰래 안간힘을 쓰고 있다고 느껴졌습니다. 예감은 틀리지 않았죠. 상담이 진행되는 동안 그녀의 감정은 냉탕과 온탕을 넘나들듯 매 순간 뒤바뀌었습니다. 맡은 일을 잘 처리하는 야무진 모습의 그녀와 한번 넘어지면 속절없이 무너져버리는 모습의 그녀가 거기 있었습니다. 특히 과거의 어느 시간에 대해서 이야기할 때는 지금 내 앞에 있는 사람과 동일 인물인가 하는 의문이 들 정도로 완전히 다르게 느껴져서 안타까웠지요.

과거의 자신을 객관화해서 보기 위한 좋은 방법은 그때의 나를 다른 이름으로 부르는 것입니다. 예를 들어 저는 과거의 저를 '작은 사과'라고 부릅니다. 지금의 사과이모가 되기 전까지 작은 사과가 경험한 시간들은 소설로 쓰자면 장편소설이고, 드라마로 만들자면 16부작 정도는 거뜬히 될 겁니다. 우리 모두에겐 우리가 써 내려온 자기만의 인생 이야기가 있지요. 앞에 앉은 그녀에게 과거의 자신에게 이름을 붙여주자고 하자, 그녀는 그조차 망설여했습니다. 다음 상담 시간까지 이름을 지어 오라고 부탁했는데 결국 그러지 못해서 상담 중에 같이 정하기로 했지요. 거창한 의미 붙이지 않고 좋아하는 과일로 정했습니다.

"어릴 때 좋아한 과일은 뭐예요?"

"아, 저는 망고를 좋아했는데 비싸서 잘 못 먹었어요."

"그럼 망고라고 해요. 작은 망고! 이제 마음먹으면 어디서든 사 먹을 수 있는 망고."

맞벌이 부모님 곁에서 외동으로 자랐던 작은 망고는 내성적인 성격 때문에 거의 혼자 지냈습니다. 늘 외롭고 자주 슬펐지요. 마음이 허기질 때마다 마구 먹었습니다. 폭식증 탓에 몸이 갈수록 커져가는데 마음은 점점 쪼그라들었지요. 작은 망고는 친구들이 미우면 그 아이가 죽어버리면 좋겠다고 생각하기도 했지요. 그러면서 그렇게 생각하는 스스로를 미워했습니다. 작은 망고는 자기 속마음을 누구에게도 털어놓지 못했지요. 사람들이 자신을 미워할까 봐 두려웠습니다. 미움받기보다 사랑을 갈망했던 작은 망고는 겉모습을 바꾸었지요. 하지만 알라딘의 요술램프 지니도 외면은 바꿔줄지언정 내면은 바꾸어줄 수 없는 법. 작은 망고는 아름다워진 겉모습과 울고 있는 내면의 모습 사이에서 거리감을 느끼며 더욱 외로워졌습니다.

"작은 망고가 많이 아팠네요"라고 제가 말하자, 다 자란 망고는 이내 슬픈 눈이 됩니다.

"제가 아팠다고요? 아프진 않았어요. 막 그렇게 아프진 않았는데, 그냥 좀 슬펐던 거 같은데……."

아름다운 망고의 눈망울에 눈물이 가득 고이는 모습을 가만히 바라보았습니다. 눈물이 흘러내리기 직전, 그 찰나의 순간에 망고의 명치 끝 언저리에서 건드려졌을 그 무엇이 제 가슴으로 전해졌지요. 아팠습니다. 저 역시 흘려보내지 못한 과거의 시간이 있었지요. 매일 까치발을 하고 걸어 다니는 나날이었습니다. 평상시와 다르게 한 번씩 화를 쏟아내기도, 어떻게 살아야 할지 몰라 버벅이기도 하던 시간이었지요. 그때의 나를 잊고 지냈습니다. 아니, 그 시절은 꺼내보지 않는 작은 서랍 같은 것이었지요. 세월이 흐른 뒤에, 이제는 작은 사과를 크게 미워하지도 그렇다고 크게 사랑하지도 않는 밋밋한 감정 상태가 되었다고 느껴질 무렵, 우연히 지인과 그때의 나에 대해 이야기를 나누었습니다. 후련하기도 하고 스스로가 안쓰럽기도 하고, 묘한 기분이었지요. 가만히 듣고 있던 지인이 나직하게 말했습니다.

"너 그때 많이 아팠구나……."

그 말을 듣는 순간, 마음에 오래도록 지니고 있었던 무거운 짐이 툭 하고 내려앉았습니다. 눈물이 후드득 쏟아졌지요. 그동안 꽁꽁 막아두었던 눈물댐이 활짝 열리며 손쓸 새도 없이 내 안에 쌓인 눈물을 세상 밖으로 내어놓았습니다. 그전까지 저는 한 번도 제가 아팠을 것이라고 생각해본 적이 없었습니다. 몸이든 마음이든 명확하게 병명이 있는 사람들만 아픈 거라고 생각했지요. 하지만 세상에는 병명을 모른 채, 병원에 가지 않은 채, 그냥 버티고 살아가는 사람이 얼마나 많은지요. 아픈 줄도 모르고 아픔 그 자체가 기본값인 삶을 사는 가여운 사람들이 얼마나 많은지요.

물론 스트레스가 심했나 하는 정도로 생각해본 적은 있습니다. 하지만 나를 객관화할 수 없었고, 누군가에게 드러내 보일 수 없었기에 제 마음을 외면하며 살았습니다. 꾹꾹 눌러놓고 견디며 살아왔었지요. 내가 아팠구나, 라고 생각하니 그제야 마음이 놓였습니다. 아픈 줄도 모르고 아팠구나. 깊이는 가늠할 수 없지만 마음의 우울이 나를 지나고 있었구나. 내 곁에 있던 사람들도 크고 작게 아파하며 그 시간을 건너가고 있었구나.

그제야 비로소 퍼즐이 맞춰지는 느낌이었습니다. 한 조각 맞추어지지 않던 내 인생의 어느 즈음에 제대로 된 조각을 끼워 넣은 느낌. 이제 더 이상 그때의 작은 사과를 미워하지 않아도 된다는 안도감. 이제야 비로소 무거운 짐을 내려놓고 쉬어도 될 것 같은 느낌.

이제는 다 자란 망고의 손을 붙잡고 말했습니다.

"우리, 겁먹고 울고 있는 작은 망고와 작은 사과를 따스하게 안아주기로 해요. 그때의 작은 망고와 작은 사과로서는 최선의 선택이었겠죠. 많이 울고 많이 고민했었잖아요. 스스로의 생각에 갇혀서 그때 그 시절, 그 작은 아이들이 아픈 줄도 모르고 아픔을 건넜던 거잖아요."

많은 이들이 인생의 어느 시기에 멈추어 있습니다. 흘려보내기 위해서는 그때의 어린 나를 안아줘야 합니다. 딱딱하게 굳어서 멈춰 있는 고체 덩어리를 따스한 품으로 안아 흐물흐물한 액체로 만들어야 하지요. 그래야 비로소 흘러갑니다. 시간이 어느 만큼 지난 후, 수증기가 되어 공기 중에 사라지고 진정 자유로워지는 날이 오기를 바라며 지금은 지금만큼의 지혜와 지금만큼의 품으로 나를 안아줍니다. 울고 있던 작은 망고와 작은 사과가 서로를 안아줍니다. 따스한 온기로 스스로를 용서합니다.

좋은 걸 좋다고
말하지 못하는 이유

"선생님, 저는 춤추는 게 너무 좋아요."

"춤을 출 때 어떤 기분이에요?"

"제가 정말 살아 있는 것 같아요."

포카혼타스처럼 커다란 눈매가 아름다운 K가 상담실 의자에 앉은 채 눈을 살짝 감으며 말했습니다. 영화 〈빌리 엘리어트〉의 대사가 떠오르는 지점입니다. 마치 한 마리 새처럼, 전기에 감전된 것처럼 날아오른다던 빌리.

"빌리, 춤출 때 어떤 느낌이 들지?"

"그냥 기분이 좋아요. 일단 추게 되면 모든 걸 잊게 돼요. 내가 아닌 것처럼요. 내 몸이 변하는 느낌이 들어요. 마치 불이 붙은 것처럼요. 마치 제가 나는 것 같아요. 새처럼요. 마치 전기에 감전된 것처럼요."

—영화 〈빌리 엘리어트〉 중에서

춤출 때의 기분을 떠올리는 듯 K의 얼굴이 활짝 핀 장미처럼 붉게 피어오르다가 다시 순식간에 어두워졌습니다.

"그런데 문제는…… 춤추는 게 너무 좋다는 거예요."

K는 마치 큰 잘못이라도 한 듯이 우물우물 말을 이었습니다. 춤추는 게 좋은 것이 상담 이유가 될 리는 없지요. '춤'이 문제인가, '좋다는 것'이 문제인가. 알쏭달쏭한 마음을 감추고 느슨히 물어봅니다.

"춤 잘 추는 사람 멋지죠. 그런데 춤추는 걸 좋아하면 안 되는 이유라도 있어요?"

"아, 그게요……. 좀 너무 좋아요. 그리고 이렇게 말하면 다른 사람들이 이상한 애라고 생각할 것 같아요."

아……. '춤'도 '좋음'도 문제가 아니었습니다. 좋은 것을 좋다고 말하면서 죄책감을 느끼는 그 지점에서 K는 머뭇거리고 있었지요. 왜 우리는 자신의 기호에조차 확신을 품지 못하고 주위 사람들의 시선에 좌지우지되는 걸까, 라는 생각에 마음이 무거워졌지요.

좋은 걸 좋다고 선뜻 말하지 못하는 이유는 무수히 많겠지만, 가장 큰 이유는 좋아하는 행위에 대해 우리가 덧씌워놓은 생각 때문입니다. 좀 더 정확히 말하자면, 자신의 생각이 아니라 우리가 살아온 환경, 교육, 사회가 만들어놓은 편견 때문이지요. BTS가 국위 선양을 하는 이 시대에도, 여전히 사람들은 아이돌이 춤을 잘 추는 것에 대해서는 박수를 보내면서 내 주위 사람이 춤에 미쳐 있는 것을 볼 때는 걱정부터 합니다.

"춤추는 게 좋다고 말하면 사람들이 나를 어떻게 볼 것 같아요?"

"노는 사람으로 볼 것 같아요. 책 읽고 공부해야 하는 나이에 넌 놀기만 좋아하는구나 하고요……."

"사람들이 그렇게 보면 어떤 감정이 느껴질 것 같아요?"

"그냥 뭔가 죄책감 같은 것이요. 그리고 부끄럽기도 하고 자책하게 되기도 하고요."

"아이돌들은 오랫동안 연습생 생활을 하죠. 뼈를 깎는 노력을 해서 일정 수준으로 춤을 잘 추게 되면 그건 엄청난 성장이고 성과잖아요. 춤꾼의 관점에서는 어떤 경지에 올라간 것으로 볼 수도 있고요. 그런 관점은 어때요? 어제보다 오늘 춤을 더 잘 추게 된다는 건 성장이고 성과다."

"……그렇긴 한데 왜 죄책감이 들까요?"

"춤을 출 때 기쁜 마음은 없어요?"

"춤출 때는 기뻐요. 기분이 너무 좋아요. 그런데 집에 돌아올 때는 늘 죄책감이 들어요."

죄책감을 느끼지만 기쁨이 있다는 건 좋은 단서입니다. '죄책감'은 그간 자라온 환경으로 인해 주변의 눈치를 보았던 시간들이 무의식적으로 작동하는 것일 테지요. 반면 '기쁨'은 지금 그녀의 가슴에서 두근두근 뛰고 있는 것입니다. 하나는 과거의 묵은 감정이고, 또 다른 하나는 살아 있는 지금 여기 현재의 감정이지요. 묵은 것보다 새것이 좋은 것은 당연합니다. 그러니 죄책감과 기쁨 중에서 기쁨이 주된 감정일 수 있습니다. 상담자가 바라봐줘야 하는 부분은 바로 이런 것입니다. 자신이 겉으로 드러내지 않으면서 내면에서 느끼고 있는 감정, K 자신이 알아차리지 못하지만 느끼고 있는 감정 말이죠.

어쩌면 K는 죄책감이라는 가면에 숨겨져 있는 '기쁨'을 나누고 싶었는지 모릅니다. 춤출 때의 기쁨에 대해, 자신이 얼마큼 생생하게 살아 있는지에 대해 나누고 싶었을 수 있지요. 누군가 한 명쯤은 마음껏 춤춰도 괜찮다고, 춤을 추면서 기뻐하는 것은 자연스러운 감정이라고 이야기해주길 바라면서요. "춤을 출 때 기쁜 마음은 없어요?"라고 물었을 때 언뜻 비치는 작은 미소를 발견하고, 기뻐해도 괜찮다고, 그것이 무엇이든 지금 자신의 가슴이 기뻐한다는 사실을 스스로 인정하고 지지할 수 있도록 돕는 것이 상담자가 해야 할 역할이지요. '아, 나는 춤추는 게 좋구나…… 좋아해도 괜찮구나. 사람마다 좋아하는 게 다른 거지, 좋은 것과 나쁜 것이 따로 없구나.' 그녀가 이렇게 스스로를 허용하고 안아주기를 바라는 마음으로요.

비단 '춤'에 국한된 이야기만은 아닐 겁니다. 내 삶에서 누구도 금지하지 않았는데 혼자만의 생각으로 거부하고 있는 일이 얼마나 많은가요. 내 가슴은 좋아하는데 남의 눈치를 보느라 아닌 척 외면하는 일이 얼마나 많은가요. 내 가슴이 춤추고 싶어 두근거릴 때, 그 순간의 '나'를 모르는 척 하지 않고 정직하게 몸을 움직여 화답해주면 안 될까요. 당신과 손잡고 아름다운 왈츠를 추면 안 될까요. 춤추고 싶은 날입니다. 우리 용기 내볼까요? 함께 춤출까요?

모른다고 말하는
자유

———————

대학에서 3년간 청년들을 만나며 상담을 진행했습니다. 비단 청년 세대의 특징만은 아니겠지만, 대개의 대학생들은 MZ세대에 대한 상담자의 존중을 기대합니다. 일단 상담자가 꼰대인지 아닌지를 살피지요. 그러니 원활한 상담을 위해서는 조금 돌아가야 합니다. 급한 마음에 직진해버리면 다음 상담은 기약이 없어집니다. 요즘 흐름을 묻고 관심을 표명하되 전투적이어서는 안 됩니다. 약간은 느슨한 듯한 태도도 중요하지요. 무엇보다 중요한 것은 '꼰대는 아니지만 내가 모르는 뭔가를 알고 있다'는 느낌을 풍기는 겁니다. 누가 그렇게 일러준 것도 아니건만 (당시에는) 그래야만 한다고 생각했지요. 적어도 어느 순간까지는 그런 전략이 꽤 통한다고 느꼈습니다.

저는 대학에서 일하기 전에 기업 인사팀에 오래 있었고, 이후 평창올림픽 조직위원회에 소속된 인력의 전직 지원 컨설턴트로 일한 경험이 있습니다. 전문직 종사자들은 각자 자기 분야에서 뛰어난 전문가들이지만, 올림픽이 끝나면 계약이 종료되는 상황이라 경기 개최가 가까워질수록 설렘만큼이나 미래에 대한 두려움을 동시에 느끼고 있었습니다. 대체로 내담자들이 저보다 나이가 많은 상황이라 제게는 큰 도전이었지요. 그들 앞에서도 역시 좀 더 전문가다운 모습으로 비쳐야 한다고 생각했습니다.

그때 가장 힘든 부분은 아는 척하는 것이었습니다. 사실 아무리 준비해도 전부 다 알 수는 없는 노릇이었지요. 상담을 하다 보면 안내할 수 없는 영역을 계속해서 만나게 됩니다. 새벽 버스를 타고 평창으로 달려가며 아무리 열심히 컨설팅을 준비하고 자료를 읽고 공부해도 전부 다 알기란 불가능했습니다. 애초에 저는 불가능과 씨름하고 있었던 셈입니다.

학생들과의 상담 역시 마찬가지였지요. 세상 모든 직업에 대해 제가 다 알 수도 없는 노릇이거니와, 상담에서 수많은 전공 영역의 특장점을 꿰뚫어 다루기가 힘들었습니다. 그럼에도 모른다고 말하기 싫어서 공부했고, 모르는 것은 슬쩍 아는 척하고 넘기기도 했습니다. 물론 상담자는 계속 공부해야 합니다. 모르는 분야를 공부하는 일은 저를 성장시켰고, 좀 더 전문적인 상담을 진행하는 데도 도움이 되었습니다. 하지만 아는 척하느라 점점 애가 쓰였습니다. 내 앞에 앉은 상대에게 최고의 순간을 경험하게 해주고 싶다는 생각은 끝없는 긴장감을 안겨주었습니다. 긴장될수록 상담은 잘 진행되지 않았지요. 마음에 부담감만 커져갔습니다.

그러던 어느 순간, 저는 제가 삶 자체를 이런 방식으로 마주해왔다는 걸 깨달았습니다. 모른다고 말하는 게 싫어서, 다 아는 사람처럼 보이고 싶어서, 주먹을 꽉 쥐고 살고 있었습니다. 모르는 것을 들킬까 봐 마음이 종종거렸지요. 무엇이든 꽉 쥐고 산다는 것은 힘이 들기 마련입니다. 몸에 힘을 주면 절대 물위로 떠오를 수 없지요. 살려면 내려놓아야 했습니다.

학생들과 상담을 마치고 완전히 지쳐버린 어느 날, 스스로에게 이렇게 물었습니다. 네가 생각하는 이상적인 상담자는 어떤 모습이야? 제 안에서 이런 답이 나오더군요. 내담자의 질문에 명쾌하게 답변하고 길을 안내해주는 상담자. 제가 정의하는 상담자는 '다 아는 자'의 모습으로 그려져 있었습니다. 그러니 애가 쓰인 것이지요. 더 이상 안간힘을 쓰며 살 수는 없었습니다. 다시 정의해보기로 했지요. 깊이 고민하고 나서 다시 내린 이상적인 상담자의 정의는 이러했습니다. 내담자의 이야기를 귀 기울여 듣고, 아는 한도 내에서 여러 가능성을 제시해주는 상담자. 모르는 부분은 모른다고 정직하게 말하고, 다음 상담 시간에 잊지 않고 전하는 상담자.

모르는 것을 부족한 모습으로 여기지 않고, 그 사실을 인정하고 성실히 찾아본 후 내담자에게 전하는 것이 건강한 상담자라는 생각이 들자, 모른다고 이야기하는 것이 한결 쉬워졌지요. 학생들 앞에서 '잘 아는 어른'이고 싶었던 나, 나이 많은 내담자들 앞에서 '어리다고 무시할 수 없는 전문가'이고 싶었던 나. 그랬던 나를 따스하게 안아줍니다. 그동안 아는 척하느라 애썼다고, 이제 그러지 않아도 된다고 말이죠.

비단 상담뿐만 아니라 제 삶의 여러 영역에서 '내가 잘 안다'라는 에고는 여전히 종횡무진 활동 중입니다. 한 번에 갑자기 내려놓을 순 없겠지만 하나씩 내려놓기로 합니다. "아, 그 부분은 제가 잘 모르겠는데요. 잘 알아본 다음에 말씀드려도 될까요?"라고 말하며 비로소 자유를 느낍니다. 모른다고 표현하는 데서 오는 자유의 맛이 가볍고 달콤합니다. 디저트 가게를 연다면, 자유 맛 디저트를 출시하고 싶습니다. 디저트 이름은 '모른다고 말하는 자유'입니다. 한번 드셔보시겠어요?

인생에도 신호등이 있다면 좋겠다

"선생님, 어느 방향으로 가야 하는지 모르겠어요. A를 선택해야 할까요, B를 선택해야 할까요. 이 둘 다 잘못된 건 아닐까요?" 수심 가득한 얼굴로 묻는 너를 보면서 나의 지난 시간을 떠올려봤어. 나도 내가 여기까지 어떻게 왔는지 모르겠어. 그때그때의 내 직감이 나를 지금 여기로 데리고 왔다고 하면 가장 정답에 가까울까.

청춘이 훌쩍 지나가는 즈음, 나도 길을 잃어버렸다고 생각되는 때가 종종 있어. 도대체 어디가 오른쪽인지 어디가 왼쪽인지 알 수 없는 막막함. 머릿속으로 이게 좋네 안좋네 하면서 계산기만 두드리게 되는 거야. 인생의 내비게이션 같은 것은 없는 걸까. 신호등보다 더 친절하게, 스위치만 켜두면 상냥한 그녀가 길을 안내해주는 거지. '사고 다발 구간입니다. 서행하세요.' 그녀의 말만 잘 따라가면 내 인생에서 일어날 사고도 피해 갈 수 있을까? 그렇게 되면 사는 게 안심이 되고 행복할까?

인생의 여름쯤 되어보니 알 것 같아. 누군가에게 물어봐서 가는 길에 결코 만족할 수 없다는 것. 누군가에게 의지해서 가는 인생은 안전할지 몰라도 시시할 뿐이라는 것. 내가 접속할 곳은 오직 내 느낌, 내 가슴이라는 것.

나는 계획을 세우는 것도 필요하지만 평상시 자기 가슴에 주파수를 맞추는 것이 더 중요하다고 생각해. 돌아보면 내 가슴이 끌리는 곳으로 향했을 때는 덜 후회했고 남 탓 하지 않았더라고. 예전에는 무언가 선택할 때 돌다리를 열 번씩 두드리며 건너는 식이었고, 일이 계획대로 되지 않으면 스스로를 괴롭혔는데, 지금은 그저 직감을 따르는 편이야. 지금 내 가슴이 원하는 건 뭐지? 스스로에게 물어보고 그 순간의 내 감정을 잘 느껴보는 거야. 긴장되지만 설렘도 함께 있는지, 무섭지만 그래도 시도해보고 싶은 마음이 저편에서 일렁이는지, 내 가슴의 이야기를 들어보는 거지.

내 가슴과의 접속 시간. 그중 하나가 나에게는 '1분 명상'이야. 하루 중간중간에 잠시 멈춰서 1분 정도 호흡 명상을 해. 엘리베이터를 기다릴 때나 신호등이 바뀌길 기다릴 때 하면 좋아. 가끔은 일하다가 창밖을 멍하니 바라보며 해도 좋고, 떨리거나 두려운 일을 앞두고 해도 좋고. 마음이 혼란스러울 때는 자리에 앉아 잠시 명상을 할 때도 있는데, 예전처럼 의식적이거나 규칙적으로 하지는 않아. 일상에서

하는 행위나 활동 그 자체에 정확하게 몰입하고 있다면, 그게 명상이구나 하고 깨달았거든. 일상 자체가 명상이 되는 삶을 살아가려고 해. 설거지할 때는 그릇을 씻는 행위 자체에 몰두하고, 걷거나 달릴 때는 움직임 자체에 집중하는 거지. 차를 마실 때는 천천히 차 맛을 음미하고. 그럴 땐 생각이 끼어들 틈이 없거든. 매 순간 그저 느끼는 거야.

가이드 명상 안내를 하다 보면 평소에 잘 느끼지 못한다고 말하는 사람들이 종종 있거든. 그러면 나는 이렇게 설명하곤 해. 인간에게는 시각, 청각, 촉각, 미각, 후각, 이렇게 다섯 가지 감각인 오감이 있잖아. 그때 '감각'과 '오감'에 쓰인 '감'이 한자어로 '느낄 감感'이야. 그러니까 우리는 평소 보면서 들으면서 만지면서 맛보면서 냄새 맡으면서 느끼고 있는 거지. 느끼는 게 어렵다는 건 그저 생각일 뿐, 그렇게 생각하고 있는 순간에도 우리는 느끼고 있어. 그러니 느껴지지 않는다는 건 논리에 맞지 않는 말이야. 어떤 순간에도 우리는 오감을 쓰고 있잖아. 생각이 가리고 있을 때 덜 생생하게 느낄 뿐이지. 오감은 지금 여기를 살아가는 우리에게 주어진 가장 큰 선물인데 사람들은 그 중요성을 잘 인식하지 못하고 살아가는 것 같아. 안타까운 일이지. 매 순간 일상을 느끼며 살다 보면 삶을 더 생생하게 경험할 수 있어.

얼마 전 라디오를 청취하는데, 20세기 가장 위대한 안무가로 꼽히는 독일의 천재 무용수 피나 바우쉬가 소개되었어. 많은 사람들이 그렇듯 나도 무척 좋아하고 존경하는 예술인이야. 사람이 어떻게 움직이는가보다 무엇이 사람을 움직이게 하는지를 파고든 걸로 유명하지. 하지만 그녀도 처음부터 박수갈채를 받았던 건 아니라고 해. 이상적이고 아름다운 고전 발레를 보고 싶었던 관객들은 그녀가 선보인 새로운 형식의 작품 앞에 토마토를 집어던지고, 화가 나서 문을 박차고 나가고, 협박 전화를 하기도 했어. 어느 인터뷰에서 그 시간을 어떻게 지나올 수 있었는지 묻자 그녀는 이렇게 말했다고 해. "우리는 옳은 길을 간다고 느끼고 있었습니다." 외부의 거센 비난에도 자신의 직감을 믿었던 피나 바우쉬의 말은 오래도록 내 가슴에 맴돌았어.

지금 내가 가는 길이 맞는지 확신이 들지 않을 때, 내가 접속해야 할 곳은 나의 가슴이고 나의 느낌이야. '나 지금 잘 가고 있나?'라고 스스로에게 질문을 던지고 잘 느껴봐. 네 가슴이 어떤 느낌인지. '잘 가고 있어. 옳은 길을 가고 있어.' '지금은 멈춰야 해. 잠시 멈춰.' 어느 쪽이든 내 느낌을 내가 믿어주는 진귀한 장면을 연출해보는 거야.

어느 방향으로 가야 하는지 막막하다고 했지? 나는 네가 머리로 헤아리고 잘하려고 애쓰기보다 지금 여기에 머무는 시간을 더 늘렸으면 해. 자연 속을 거닐며 잘 보고 듣고 느끼면서 생명의 근원과 더불어 호흡하는 거야. 그러면서 천천히 너 자신에게 질문해봐. 나는 이 생에서 무엇을 가치 있다 여기는지, 그것이 나에게 어떤 의미인지, 어떻게 살아야 눈을 감는 순간 후회하지 않을지, 지금 내 앞에 펼쳐진 아름다운 봄을 누구와 어떻게 경험할 것인지. 주파수를 켜고 네 안의 소리에 귀 기울여봐. 네 가슴을 컴퍼스의 중심점이라 생각하고 그 기준점을 따라가보는 거야. 그러면 네 가슴이 알려줄 거야. 지금 네가 어디를 향해야 하는지. 너는 이미 정답을 알고 있어.

얼마큼 아프면
아프다고 말해도 되나요

상담 중에 내담자에게 이런 질문을 종종 듣곤 합니다. 들을 때마다 질문이 이상하게 느껴지면서도 한편으론 이해가 되지요.

"선생님, 친구가 인턴 지원하는 거 같이 준비하자고 해놓고 저 몰래 혼자 지원해서 완전 짜증 났거든요. 막 화가 나고 눈물도 나고 그러는 거예요. 근데요, 제가 이 상황에서 우는 거, 이상한 거 아니에요? 이렇게 화가 나도 되는 거예요?"

뭐가 이상한지 눈치채셨나요. 그 상황에 놓여 있는 건 자기 자신뿐이었는데 본인의 느낌을 본인이 아닌 다른 사람에게 묻는다는 것이지요. 이만큼 아플 때 아프다고 말해도 되는지, 혹시 그렇게 말하면 내가 이상한 사람처럼 보이는 건 아닌지 궁금해하고 불안해하는 것이지요. 본인의 느낌을 다른 사람이 어떻게 알겠어요. 그때 그 상황에서 내 가슴이 그렇게 느꼈다면 바로 그게 정답이지요. 하지만 생각보다 사람들은 자기가 느끼는 감정보다는 '이렇게 느끼는 게 맞나?'라는 생각에 더 관심이 많습니다. 자신의 느낌(감정)보다는 자신의 생각에 더 치우친 채로 사는 것이 익숙하기 때문이지요.

타인에게 물어보지 않아도 됩니다. 그건 내 가슴만이 느낄 수 있는 감각이니까요. 꼭 물어봐야 한다면, 내가 내 가슴에 물어봐야지요. 아, 이게 뭐지? 이 감정이 뭘까? 스스로 이름 붙여주고 잘 느껴주고 흘려보내기. 지금 나에게 온 감정에 저항하지 않기. 도망치지 않기. 매 순간 나의 감정을 있는 그대로 받아들이고 공감해주기. 이것이 우리가 매일 해야 할 일의 전부가 아닐까요.

유년 시절, 저의 의문 중 하나는 얼마큼 아프면 아프다고 말해도 되느냐였습니다. "그 정도 아픈 건 좀 참아야지"라는 말을 들으면 무안해졌고, "이렇게까지 아픈데 왜 이제 얘기해!" 하는 호들갑에 놀라기도 했습니다. 아프다고 말해도 되는지, 혹은 조금 더 참아야 하는지를 나만 안다는 것. 그건 누구도 정해줄 수 없는 내 느낌과 나와의 관계에 달려 있었고, 그럴 때면 '나는 혼자구나……'라는 생각에 쓸쓸했지요. 저 혼자 마음속으로 1부터 10까지 중에서 7만큼 아프면 남에게 말하기로 정해두기도 했습니다.

사람마다 통증에 대한 감각은 지극히 주관적이지요.

누가 봐도 저 정도는 참을 수 있지 않나 싶은 상처에 호들갑을 떠는 사람이 있는가 하면, 저렇게 아픈데 참다니 새삼 대단하다고 느껴지는 사람도 있지요. 사람마다 특별하게 섬세하거나 무감각한 신체 부위가 있는 것 같아요. 그러니 누군가 "나 여기가 많이 아파요" 하고 고백하면 이러쿵저러쿵 판단하지 않았으면 좋겠습니다.

자신의 감정을 있는 그대로 허용해주는 환경에서 자란 사람은 몸과 마음이 건강한 편입니다. 그때그때 자신의 느낌을 존중받은 경험이 있기 때문이지요. 문제는 그런 경험을 하고 자란 사람들이 많지 않다는 데 있지요.

저는 관계에서 공감이 중요하다고 생각하지만 완전한 공감에 대해서는 회의적입니다. 우리는 타인의 신발을 신어볼 수 없습니다. 각자가 살아온 삶의 역사가 다른데 그게 어떻게 가능하겠습니까.

상대의 감정을 완전히 공감한다는 것은 우리의 착각에 지나지 않지요. 사람마다 약한 장기나 신체 부위가 있듯이, 자꾸만 나를 주저앉게 하는 특별한 마음의 통증이 있습니다. 나에게 그것이 슬픔이라면, 누군가에게는 불안, 두려움, 우울, 무기력일 수 있습니다. 그럴 때 제가 할 수 있는 일은 판단하지 않고 상대의 감정을 존중해주는 것이지요. 상대가 지금 그렇게 느끼고 있다면 그럴 만한 이유가 있다고 믿어주는 것이지요.

"나는 그게 너에게 어떤 의미인지, 얼마나 아픈지 가늠이 되지 않지만 지금 네가 그렇게 느끼고 있다면 그 느낌 그대로 아무 문제 없어. 충분히 느끼고 아파해도 돼."

지금 이렇게 슬프고 우울하고 불안하고 무기력한 당신이 하나도 이상하지 않다고 말해주고 싶습니다. 머리로 짐작하며 아는 척하지 않고 모르는 마음으로 당신을 안아주고 싶습니다. 당신을 안아주는 너른 마음으로, 스스로를 믿지 못하는 나 자신 역시 도닥여주고 싶습니다. 지금 이대로 슬프면 슬퍼해도 괜찮다고요. 아프면 아프다고 말해도 된다고요. 우리가 타인에게 바라는 것은 완전한 공감이 아니라 어떠한 내 모습도 괜찮다고 수용해주는 따스한 안아줌이 아닐까요.

어쩌면 우리는 그때 그 순간에 그런 감정을 느끼는 것은 괜찮다고, 충분히 그럴 수 있다고, 나도 그랬다고, 그렇게 누군가에게 이해받기 위해 살아가는지도 모릅니다. 공감은 정면으로 응시하는 것이 아니라 슬쩍슬쩍 그의 옆모습을 바라보다가 등 뒤로 따스하게 안아주는 것이 아닐까요. 당신의 표정을 일일이 볼 수 없더라도, 당신의 감정을 세세히 공감할 수 없더라도, 가늘게 흔들리는 당신의 등에 기대어 내 숨소리를 들려주고 싶습니다. 괜찮다고, 내가 여기에 있다고 말해주고 싶습니다. 나 자신에게도 따스하게 속삭여주고 싶습니다. 아플 때 참지 않아도 된다고, 가장 믿고 의지할 수 있는 사람에게 나 여기가 1만큼 아프다고 말해도 된다고, 혼자 오래 아파하지 말라고요.

포기란
선택할 줄 아는 용기

　　2년 전 대기업에서 퇴사하고 지금은 뷰티미용학과에 입학해 대학생활을 하는 사십 대 중반 여성 H와 상담을 진행했습니다. 새로 배운 것에 대해 이야기할 때면 늘 눈을 반짝이는 밝고 긍정적인 모습이었는데 평소와 달리 오늘은 시무룩한 느낌이 들어서 무슨 일이 있는 건 아닌지 궁금했지요.

　"긍정의 아이콘 H 님, 오늘은 왠지 표정이 어두워 보이는데요? 무슨 일 있는 건 아니죠?"

　"아, 아니에요. 그냥……. 전 직장 동료들 만나고 오면 약간 기분이 다운돼요. 어제저녁에 선후배들을 만났거든요."

　"아, 그런 마음이 생길 수 있지요. 전 직장 동료들을 보면 어떤 생각이 드세요?"

　"그게 뭐랄까. 아쉬움 같기도 하고, 미련 같기도 하고요. 내가 끝까지 해내지 못하고 포기했다는 생각이 들어서 마음이 무거워져요. 분명 스스로 결정해서 퇴사했고 지금은 제가 원하는 거 배우면서 즐겁게 살고 있는데도 마음에 찜찜하게 남아 있는 게 있어요. 끝까지 버텨서 팀장까지 해볼 걸 그랬나? 그런 마음이랄까요."

"아, 그렇구나……. 당연히 그런 마음이 들 수 있지요."

"평소에는 저도 제가 그런 생각을 품고 있는지 전혀 모르거든요. 하지만 예전 동료들을 만나면 그 마음이 슬쩍 고개를 들고 일어나는 느낌이에요. 저 혼자 외면하고 덮어두었던 거죠. 그때 제가 퇴사한 건 육아 때문이라고 생각했어요. 지난번에 말씀드린 것처럼 코로나 때 정말 힘들었거든요. 남편은 지방으로 파견 나가고 아이들은 학교에 못 가고. 아무튼 난리도 그런 난리가 없었어요. 그땐 퇴사밖에 답이 없는 상황이라서 누구도 저한테 뭐라고 할 수 없다고 생각했거든요.

어제 전 직장 동료들을 만나고 돌아오면서, 그게 아니었다는 걸 뼈저리게 느꼈어요. 스스로는 속일 수 없는, 자기만 아는 마음이 있잖아요. 사실은 제 능력이 부족했어요. 그걸 인정하기 싫어서 회사 탓 하고 상황 탓 하고 그랬다는 걸, 사람들한테 그렇게 보이기 싫어서 변명하며 살았다는 걸, 그래서 늘 찜찜했다는 걸 알게 되었어요."

"그렇군요. 어떤 부분에서 능력이 부족하다고 생각하셨어요? 평가도 좋은 편이고, 승진도 기다리고 있었다고 들었던 것 같은데요."

"그게요, 조금 다른 이야기이긴 한데 회사가 가는 방향이 저와 맞지 않았어요. 위로 올라갈수록, 특히 팀장급이 되면 회사에서 원하는 리더 역할을 해야 하는데, 그게 참 씁쓸하거든요. 회사 안에서는 위에서 하라는 대로 찍소리도 못 하고 네네 하면서, 외부 업체에 나가서는 권위를 세우면서 갑질을 해야 하죠. 이번 달 매출 밀어내라는 지시를 받으면 가짜로 매출 만들고……, 그렇게 업체들 쪼아서 성과 내고요. 그게 처음이 어렵지 점점 익숙해진다고 하더라고요. 저는 그걸 배우고 싶지 않았고, 그렇게 하고 있는 선배가 너무 괴로워 보이는 거예요. 제가 좋아하는 선배인데 팀장이 된 뒤부터 하나도 행복해 보이지 않는 거죠. 오히려 거기에 점점 익숙해져가는 모습을 보면서 좀 무섭기도 하더라고요.

나도 저렇게 될까? 저는 그렇게 해낼 자신이 없었어요. 실무능력과 관리능력은 다르지 않을까? 그냥 보이는 것만으로 겁을 먹은 거죠. 그래서 해보지도 않고 포기해버린 건 아닌지 하는 실망감도 있었던 것 같아요."

"그랬군요……. 살짝 화제를 돌려서 지금 배우고 있는 일에 대해 이야기해볼까요? 어떻게 시작하셨어요? 어떤 부분이 재미있으세요?"

"원래부터 뷰티 쪽에 관심이 많았어요. 어릴 때는 메이크업이나 패션, 이런 쪽에 흥미가 있었는데 전공으로 하진 못했어요. 저 경제학과 나온 건 아시죠? 당시에는 취업이 잘 되는 과를 가야 했어요. 그런데 원래부터 배우고 싶었던 쪽이라서 그런지 지금 하는 전공 수업이 너무 재밌고요, 실습하다 보면 시간 가는 줄 모르겠어요. 늦은 감이 있지만, 공부 마치고 에스테틱 숍 오픈할 상상을 하면 가슴이 두근두근 뛰어요."

"그렇군요. 지금 배우고 있는 일에 대해 이야기하실 때 눈에서 빛이 나는 것 같아요. 제가 보기엔 회사 생활과 지금 하는 공부를 비교하면 확연히 다른 점이 보이네요. 지금은 미래가 좀 더 그려진다고 할까요. 회사 다닐 때와는 경제적인 측면에서 조금 차이가 나겠지만 지금이 더 가슴 뛰는 그림인 것 같아요. 제 추측이 맞나요?"

"맞아요. 경제적인 부분에 대한 불안감이 있긴 하지만 내 성장을 향해 나아간다는 점에서는 설레요. 대학생들이랑 함께 생활해서 더 그런 느낌인 듯도 싶고요. 평소에는 이제라도 새로 시작하길 잘했다는 생각을 자주 하는데 동료들만 만나고 오면 이렇게 마음이 왔다 갔다 해요. 지난 시간에 대한 아쉬움이겠죠."

"그럴 수 있지요. 저도 돌아보면 어떤 지점에서 포기한 게 아닌가 싶은 순간들이 있더라고요. 누구나 후회하고 서성이는 지점이 있잖아요. 어느 날 저의 스승님께서 이런 이야기를 들려주셨어요. 포기했다고 생각할 뿐이지만 우리는 한 번도 포기한 적이 없다고요. 포기를 다른 관점에서 바라보라고요. 포기란 '나에게 가장 가치 있는 것을 선택하는 일'이라고 생각해보는 게 어떠냐고요. 그 말씀이 저한테는 큰 울림이 되었어요. 생각해보니 저는 어떤 상황에서든 저에게 가장 중요한 것을 선택했더라고요.

제가 얼마 전에 등산을 했는데, 처음에는 정상까지 오르는 게 목표였어요. 그런데 중간쯤 올라가니 컨디션이 점점 안 좋아지는 거예요. 더 올라가면 안 되겠구나, 직감적으로 알겠더라고요. 그래서 혼자 내려왔어요. 그걸 보고 어떤 사람은 왜 정상까지 가지 않고 포기했냐고 물을 수도 있겠지요. 하지만 제 입장에서는 그때 저한테 소중한 것은 제 몸이었고, 제 몸을 보호하는 것이 정상까지 가는 것보다 중요했을 뿐이죠. 이런 식으로 생각하니 다른 사람 말에 크게 휘둘리지 않게 되더라고요. 그 뒤로는 더 이상 과거의 장면에 이전만큼 연연하지 않게 되었어요."

"와……. 그런 관점으로 볼 수도 있군요. 제 경우엔 그때 다니던 회사에서 임원진까지 승진하는 것이 가치 있는 게 아니었네요. 제가 진짜 원하는 걸 배우고 성장하는 곳으로 가는 것이 저한테 더 의미 있는 일이었네요. 포기한 것이 아니라 새로운 선택을 한 거네요."

"맞아요. 그런 관점으로 바라보면 뒤를 돌아보지 않게 돼요. 내가 향하기로 한 곳으로 나아가는 거죠. 그때 그 순간 내가 선택했다, 하고 딱 인정하게 되는 거예요."

H의 얼굴이 이내 무언가에 대한 확신과 함께 평소의 모습처럼 환해졌습니다.

"저 이제 깨끗하게 점찍을 수 있을 것 같아요. 나는 내가 좋아하고 잘하는, 지금 나에게 가치 있는 것을 선택해서 나아가고 있다고요! 이렇게 말하는 것만으로 위안이 되고 힘이 나네요. 놀라워요!"

H와의 대화는 제게 중요한 사실을 다시 일깨워주었습니다. 우리는 포기한 적이 한 번도 없습니다. 그때 내게 가장 가치 있는 것을 선택했지요. 때때로 저는 제가 선택했다는 걸 마음으로 알면서도 겉으로는 인정하고 싶지 않아 괴로워합니다. 제 선택이 부끄럽고 외면하고 싶을 때도 많지요. 그럴 때면 인정하고 싶지 않은 속상한 제 마음을 잘 허용하고 안아줍니다. 그러다 보면 어느 순간 인정하게 되지요. 진짜 내 원함이 있었기에 '내가' 선택했다는 사실을요.

이대로는 살기 힘들다는 제 안의 소리 없는 비명에 괴로워하던 어느 날, 내가 그만두었습니다. 죽지 않고 살고 싶어서요. 내 몸과 마음이 소중해서요. 불안하고 두렵지만 새로운 도전을 해보고 싶어서요. 진짜 내 삶을 신명 나게 살고 싶어서요. 내가 선택했습니다. 내가 그랬습니다.

어른들도 무서워

"선생님, 저 이게 정말 하고 싶긴 한데요, 잘해내지 못할까 봐 무서워요."

상담을 하다 보면 내담자들에게서 이런 이야기를 많이 듣습니다. 사실 저도 늘 시작 앞에 서면 무섭습니다. 무섭다는 것, 대체 그게 어떤 감정이기에 우리를 한 발짝도 나아가지 못하게 하는 걸까요. 무서움이란 남녀노소 할 것 없이 우리가 가장 다루기 어려워하는 감정일 겁니다. 아마도 제가 아는 다섯 살 꼬맹이를 제외하고는요.

여러 가족이 모인 작년 송년모임. 그중에 최연소인 다섯 살 꼬맹이는 이제 다섯 밤만 지나면 여섯 살이 된다고 한창 들떠 있었죠. 그래도 아직 아가라고 장난삼아 놀리는 어른들을 향해 발끈하는 모습을 보고 크게 웃었던 기억이 납니다. 그런데 그 귀여운 아이가 "난 이제 여섯 살이에요. 형아예요" 하며 씩씩하게 던진 다음 문장이 압권이었죠. "이

제 난 무서운 게 없다고요!!!"

저도 모르게 탄성이 흘러나왔습니다. '와, 좋겠다! 무서운 게 없다고?' 제가 진심 부러운 표정이었는지 옆에 있던 또 다른 일곱 살 꼬마가 물었습니다. "이모, 이모도 무서운 게 있어?" 어린이들은 어른이 되면 무서운 게 없을 거라고 생각하는구나. 씁쓸한 웃음이 나왔습니다. 속으로 중얼거렸죠. '아마 너보다 훨씬 많을걸……. 무서운 걸 무섭다고 말 못 하고 딴청 피우는 게 어른이란다.'

중장년층 상담은 내담자의 평균 연령대가 사십 대 후반에서 오십 대 중반 정도입니다. 대체로 저보다 나이가 많지요. 처음에는 무척 떨렸습니다. 과연 내가 잘해낼 수 있을까 하는 의심이 뭉게뭉게 피어올랐지요. 어려 보일까 봐 일부러 나이 들어 보이게 정장을 입었습니다. 사무적으로 대하면서 전문가처럼 보이려고 노력했지요. 시간이 지나고 알게 되었습니다. 그런 게 아무 의미가 없다는 걸요.

우리는 모두 새로운 세상으로 나아가기를 무서워하는 안쓰러운 존재일 뿐이었습니다. 상담 말미에 제 손을 붙잡고 "선생님이 알려주신 대로 하면 되는 거죠? 저 이번에는 잘 되겠죠?"라고 묻는 모습을 보고 있자면 책임감이 저를 짓눌렀습니다. 종종 누구에게도 털어놓기 힘든 가정사나 몇 달째 은행 이자도 못 갚고 있다는 씁쓸한 하소연을 접할 땐 어떤 말씀을 드려야 할지 막막했습니다. 나이 사오십에 마주치는 진로에 대한, 남은 삶에 대한 고민은 청년들의 것만큼이나 진지하고 때로 더욱 절실하다는 생각이 들었습니다. 제가 할 수 있는 일은 상황을 잘 듣고, 여러 방향을 제안하고, 행동할 수 있도록 격려하는 것뿐이었습니다. 동시에, 두려운 것이 당연하다고 공감해주었습니다. 대개 우리는 망설이고 무서워하는 스스로를 못난 사람 취급하는 경우가 많거든요. 무서워하는 게 당연한 거구나. 남들도 다 무서워하는구나. 이렇게 깨닫는 것은 매우 중요한 부분입니다. 스스로 무서움을 인정하고 공감함으로써 비로소 시작할 용기를 낼 수 있으니까요.

이제 저는 내담자들이 무섭다고 말하면 사실은 저도 무섭다고 고백합니다. 특히 한 번도 가보지 않은 길을 혼자 가야 할 때, 그때가 제일 무섭고 두려워집니다. 어떻게든 마음 다잡고 용기를 끌어모아서 시작해보지만, 막상 시작하면 또 다른 형태의 무서움이 생겨납니다. 이런 무서움은 시작하기 전에 찾아오는 무서움과는 좀 다릅니다. 시작하기 전의 무서움이 손에 잡히지 않고 눈에 보이지 않는 허상 같다면, 시작하고 난 뒤의 무서움은 그래도 좀 구체적으로 다가옵니다. 아, 이걸 이 시간 안에 다 할 수 있을까. 그 사람에게 물어보면 거절당하진 않을까. 한편으로는 무섭지만 구체적으로 내 손에 잡히는 대로 해결해가면서 그 길을 따라가야 합니다. 그렇게 계속 문을 열면서 가는 겁니다.

어찌 보면 인생이란 우리에게 끝없이 질문을 던지는 것 같습니다. 지금 이 문을 열 것인지 말 것인지 하고 말이죠. 어떤 문 앞에서 오래 서성이고 망설여진다면 그때는 시간을 넉넉히 두고 스스로에게 질문을 많이 던져보아야 합니다. 지금 내 가슴이 어떤지, 두려움 속에 설렘 같은 게 숨어 있는지 섬세하게 느껴보아야 합니다. 그건 오직 자기 자신만 느낄 수 있는 감각이니까요. 망설인다는 건 절실하다는 뜻과 같습니다. 잘해내고 싶은 마음이 없으면 망설여지지도 않지요. 망설임 너머에 우리가 진짜로 원하는 것이 기다리고 있을 확률이 높습니다.

무서움에는 다양한 감정이 담겨 있습니다. 미래에 대한 불안, 쓸모없어진다는 것에 대한 두려움, 멈출 수 없는 자기 의심, 생존에 대한 공포가 포함될 수 있겠지요. 각각의 감정을 따라가서 신호의 근원을 찾는 것도 필요하겠지만, 무엇보다 나에게 온 '무서움'이라는 감정을 존중하는 것이 먼저입니다. 무서워도 괜찮습니다. 무서워하면서 걸어가면 됩니다. 무서운 게 없다고 말하는 사람보다 바들바들 떨면서도 한 걸음 앞으로 내딛는 사람이 더욱 멋진 법입니다.

봄이면 지천으로 피어나는 꽃들을 보며 '꽃들은 무섭지 않을까?'라고 생각한 적이 있습니다. 꽃들에겐 전부터 알던 익숙한 세상이 아니잖아요. 피어난다고 해도 세상이 장밋빛은 아니고, 비바람이 불거나 태풍이 오기도 하고, 해충을 만나 다치거나 사람들에게 꺾이고 밟히는 위험도 도사리고 있지요. 그럼에도 불구하고 꽃들이 용기를 내서 세상 밖으로 나올 수 있는 건 햇살의 칭찬과 봄비의 응원, 땅의 격려 때문이 아닐까요.

미국의 시인 엘리자베스 아펠은 〈위험〉이란 시에서 이렇게 말합니다. "마침내 그날이 왔다. 봉오리 속에 단단히 숨어 있는 것이 꽃을 피우는 위험보다 더 고통스러운 날이." 꽃봉오리 안에 있는 것이 더 고통스럽다는 건, 무섭지만 세상으로 나아갈 때가 되었다는 뜻이겠지요. 한 송이 꽃을 피우기 위해 온 우주가 힘을 쏟았듯이, 나만의 꽃인 '나꽃'을 피워내기 위해 나를 둘러싼 수많은 사람과 사건, 우주 만물이 나를 지지하고 응원해주고 있다고 믿고 나아가야 합니다. 그렇게 걸어봅시다, 우리.

괜찮타
괜찮타
괜찮타

―――――――――――

〈내리는 눈발 속에서는〉이라는 시에 이런 구절이 반복됩니다. '괜찮타, 괜찮타, 괜찮타.' 처음 이 시를 만난 건 어릴 때 본 〈목욕탕집 남자들〉이라는 드라마에서였습니다. 오랜 세월 목욕탕을 업으로 삼아온 할아버지와 대가족이 나오는 드라마였죠. 거기서 윤여정 배우가 자꾸 이 시를 한 음절 한 음절 스타카토처럼 끊어 읊었습니다. "괜, 찬, 타. 괜, 찬, 타. 괜, 찬, 타." 그게 뭐라고 어린 마음에 안심이 되더라고요. 아, 저런 게 시인가? 주문 같기도 하고 리듬 같기도 하고, 아무튼 왠지 위로가 되었습니다. 가만히 눈을 감고 읊으면 꼭 천천히 눈이 내리는 느낌이랄까요. '눈'이라는 글자 중에서 자음 ㄴ은 괜, 모음 ㅜ는 찬, 받침 ㄴ은 타라고 생각하며 눈 내리는 풍경을 상상하는 겁니다. 그러면 정말로 '폭으은히' 눈이 내리면서 나에게 괜찮다고 속삭여주는 느낌이었죠.

친한 친구가, 가족이, 사랑하는 사람이 나에게 지금 이 모습 그대로 괜찮다고 말해줄 때 우리는 위안을 받곤 합니다. 물론 그것도 좋습니다. 하지만 저는 좀 더 많은 사람들이 스스로에게 괜찮다고 말해주면 좋겠습니다. 다른 사람들이 아무리 우리를 인정해준다고 해도, 우리 스스로 괜찮다고 생각하지 않으면 마음은 텅 빈 공허감을 반복해서 경험할 뿐입니다. 그러므로 우리가 해야 할 일은 끝없는 자기 허용입니다.

두려워해도 괜찮아. 헤매도 괜찮아. 하기로 한 일을 다 해내지 못해도 괜찮아. 마음이 불편해도 괜찮아. 틀려도 괜찮아. 방황해도 괜찮아. 실패해도 괜찮아. 우울해도 괜찮아. 나 자신이 싫어져도 괜찮아.

우리는 늘 타인을 탓하는 것 같지만 타인을 탓하는 마음은 곧장 자기 자신을 비난하는 쪽으로 바뀝니다. 세상 누구보다 내가 나를 잘 안다고 생각하니까요. 내가 얼마나 형편없고 별로인지 내가 제일 먼저 보고 있으니까요. 나만 아는 내 실수에 대한 죄책감과 불안은 쉽게 자기 비난으로 가닿습니다. 자주 불안해하고, 약속대로 해내지 못하고, 남을 시기 질투하고, 사람들에게 상처받고, 기대했다가 실망하고……. 그러고 있는 내 모습을 그대로 두고 보지 못하는 것이죠. 자기 비난과 혐오는 타인에 대한 분노보다 생명력이 강합니다. 나라는 사람이 이것밖에 안 된다는 생각은, 사실도 아니고 그저 '생각'일 뿐인데 얼마나 힘이 센지요. 그렇게 우리는 자주 자기 생각에 속곤 합니다.

그때 우리가 해야 할 일은, 이 모습 그대로의 나를 받아들이는 겁니다. 마치 초등학생인 내가 친구와 싸우고 와서 울고 있는 상황이라고 가정하면서, "야, 괜찮아. 며칠 지나면 괜찮을 거야. 싸우고 화해하면서 지나가는 거야" 하고 아무렇지 않게 위로해주는 거지요. 유치하고 후지고 못생기고 부끄럽고 외면하고 싶은 이 모습 그대로도 괜찮다고 내가 나를 안아주는 겁니다.

내가 나를 허용하고 다독여주는 게 익숙해지면 타인을 품는 포용력도 커집니다. 종종 남이 하는 어떤 행동이 못마땅한 건 정도의 차이는 있지만 내 안에도 그 모습이 들어 있기 때문이지요. 사람들이 보여주는 모습은 진짜 내 안에 있는 못생김 가운데 10분의 1도 되지 않습니다. 예를 들어 누군가에게서 계산적인 모습을 보았다고 가정해보죠. 평범한 성인들에게서 나타나는 계산적인 모습은 상대를 분노하게 만드는 수준은 아닙니다. 미세하게 혹은 눈치 없이 자기 것 챙기는 정도에 그치죠. 그때 자기 안을 찬찬히 들여다보세요. 나는 저 사람보다 훨씬 더 계산적이지 않은지, 내 몫을 꼭 챙기려 고집부리고, 나한테 유리하게 계산기를 두드리고 있지 않은지 하고 말입니다. 내 안에는 그보다 더 이기적인 모습이 숨어 있다는 걸 인정하는 게 중요합니다. 그리고 그런 내 모습마저 내가 허용해주는 겁니다. 처음엔 잘 안 되겠지만 인정이 안 되는 그 마음부터 허용하면서 시작하면 됩니다.

내가 나를 허용하다 보면 타인에게 손가락질하는 마음이 조금씩 사라집니다. 사람들이 못 봐서 다행이지, 내 안에 숨은 더욱 못생기고 어두운 그림자가 얼마나 많은지요. 그렇게 내가 내 못난 모습을 허용하다 보면 나와 타인에 대한 연민의 마음이 생겨납니다. 당신도 나처럼 이기적이고, 실수하고 자책하고 좌절하고 인정받지 못할까 봐 두려워하며 고군분투하는 존재이구나 하는 안쓰러운 마음이지요. 그러다 보면 타인을 높은 곳에 올려두고 우러러보거나 함부로 낮추어 평가하지 않게 됩니다. 겉으로 보이는 것 너머, 그 사람 안에 나와 똑같이 온갖 감정이 소용돌이치고 있다는 걸 이해하게 되니까요. 평등의 관점에서 바라보면 사람들과 교류하는 일이 점점 편해집니다.

처음에는 내가 못마땅해서 나 자신을 허용하는 데 시간이 오래 걸릴 수 있습니다. 자신의 못난 모습을 모른 척하고 싶고, 이런 부정적인 모습이 있다는 걸 인정하기 싫어서 저항감이 밀려옵니다. 그럼에도 멈추지 않고 꾸준히 하다 보면, 어느 순간 내가 내 행동에 토를 달지 않게 됩니다. 그냥 뭐 그럴 수 있지, 내가 그럴 만했으니까 그런 거지, 하며 허용적 태도가 삶의 태도가 되지요. 평생 동안 나를 탓하고 질책했던 내 안의 '감독관'이 사라지고, 비로소 나 자신과 함께 있는 게 편해집니다. 사람들한테 잘 보이려 애쓸 필요 없이 자유롭게 자기 모습 그대로 살아갈 수 있습니다. 누군가의 인정에 의지하지 않아도 내가 나인 채로 괜찮다는 단단한 믿음. 이것이야말로 자기 허용이 주는 든든한 선물이지요.

어떠한 나도 허용하고 사랑하겠다는 다짐 같은 말, '괜찮타, 괜찮타, 괜찮타'. 이 말을 주술사처럼 꾸준히 되뇌다 보면 삶이 진짜 괜찮아지는 마법을 경험할 겁니다. 사랑하는 당신에게 남몰래 주고 싶은 가장 귀한 선물입니다.

박 대리,
이 친구 어디로 보낼까

진로 상담이란 진로를 찾아주는 것만큼이나 자기 자신에 대한 잘못된 이해를 깨뜨려주는 작업입니다. 사람들은 생각보다 자기 자신에 대해 잘 모르고 살아가지요. 누군가에게 들었던 평가만으로 자신을 단정 짓거나 (충분한 근거도 없으면서) 자신이 좋아하는 어떤 한 측면만을 자신이라고 생각하고 싶어 하기도 합니다. 때로는 10여 년 전 누군가 언급한 어떤 장점 하나에만 매몰되어 자신이 지닌 수많은 장점에 대해서는 눈을 가리고 있는 경우도 있지요. 아무튼 전부 대단히 크게 오해하는 중입니다.

저는 진로 상담을 할 때 다양한 방법으로 내담자의 오해를 풀어주기 위해 노력합니다. 우선 저의 정체성을 상담자가 아닌, 같이 달려주는 페이스 메이커로 설정합니다. 첫 상담에서는 내담자와 함께 10회기 상담을 통해 얻고자 하는 목표를 세우죠. 그 뒤부터는 내처 함께 달리는 겁니다. 달리기 전반부에서 해야 할 것은 '나'에 대한 정보 수집입니다.

저는 대학에서 교수님을 도와 진로 교과목을 운영한 경험이 있습니다. 200명이 넘는 학생들이 수강하는 교과였는데, 중간고사는 시험을 치르는 대신 '나만의 프로파일링 보고서'를 작성해 제출하도록 했지요. 스스로 프로파일러가 되어 자기 자신에 대한 정보를 수집해 보고서를 작성하는 형식이었습니다. (프로파일러는 한 개인의 성격과 행동 유형 등 그 사람에 대한 증거를 모아 수사하는 범죄 심리 분석관입니다.)

프로파일링 보고서 만들기는 실제 진로 상담에서도 그대로 적용됩니다. 만일 내가 이 세상에서 사라진다면? 이런 가정을 해보고 나에 대한 주관적, 객관적 정보를 모으는 것이지요. 우선 내 주변 사람들을 상대로 1) 나에 대해 인터뷰합니다. 가족, 친구, 친척, 아르바이트하는 가게 사장님, 직장 선후배나 동료들이 대상이 되겠죠. 정보 수집 단계의 첫 번째 숙제는 자기 자신에 대한 주변인들의 인터뷰 스크립트 쓰기입니다. 가족과 친구들의 인터뷰에서는 인성적인 부분을, 일터나 동아리에서 만난 사람들의 인터뷰에서는 일머리, 일센스, 일하는 방식 등에 대해 자세히 인터뷰하도록 안내합니다.

다음으로 2) 다양한 진로, 성격카드를 활용합니다. 우선 내가 생각하는 나의 재능 및 장단점과 일치하는 카드를 스스로 뽑아본 후, 가까운 이들에게도 '나'를 떠올리면서 카드를 뽑아보도록 안내하지요. 중요한 것은 카드 자체가 아니라 왜 그 카드가 나에게 맞다고 생각했는지, 그 이유를 듣고 정리해보는 것입니다. 내 주변 사람들이 '나'에 대해 더 잘 알고 있는 경우가 많기 때문이지요. 상담에서는 본인이 직접 뽑은 카드와 주변 사람들이 뽑은 카드 중 교집합이 되는 카드와, 본인은 뽑지 않았지만 사람들이 뽑아준 카드에 대한 자기 생각을 이야기해보도록 돕습니다.

이후 3) 다양한 직업심리검사를 실시하고, 그 결과지를 보며 해석 상담을 진행합니다. 심리검사는 프로파일링 보고서에 꼭 필요한 객관적인 정보이기 때문에 비교, 분석할 수 있도록 세 가지 이상의 심리검사를 진행하지요.

자, 이제 달리기의 후반부에 다다랐습니다. 데이터가 충분히 모이면 즐거운 롤 플레이를 실시합니다. 그동안 쌓아온 모든 데이터를 탁자에 펼쳐놓습니다. 롤 플레이에는 세 가지 배역이 있습니다. 저는 중견기업의 인사팀장이 됩니다. 앞에 펼쳐진 데이터는 우리 회사에 지원한 인턴 사원 K의 것으로 가정합니다. 내담자는 '박 대리'가 됩니다. 롤 플레이 시작 전, 박 대리에게 조직의 기본 특성과 각 팀이 하는 일에 대해 미리 안내해줍니다.

인사팀장인 저와 박 대리는 인턴 사원 K의 장단점, 채용 여부, 팀 배정을 두고 치열하게 토론을 벌입니다. 남 얘기하듯 객관적으로 바라볼 수 있으니 저는 내담자의 장단점을 시원하게 이야기하고, 박 대리 역시 역할에 몰입할수록 이 데이터가 자기 것이라는 사실을 잊고 자기 객관화를 해 나갑니다. 첫 상담 시간에 막연히 마케팅 쪽에서 일하고 싶다고 말한 내담자에게 성향상 마케팅이 맞지 않는 것 같다고 직접적으로 말하긴 어렵지만, 이 정도 데이터가 모이면 이렇게 물어볼 수 있습니다.

"박 대리, 이 친구 어느 팀에 보내야 되겠어? 마케팅팀 가서 일할 수 있을 것 같아?"

"아, 아니요. 이 친구……, 거기서 3개월도 못 버틸 것 같아요."

"허허, 그럼 어디로 보낸단 말이지!"

이런저런 이야기를 나누며 우리는 인턴 K의 장래에 대해 나름의 근거를 들이대며 토론을 펼칩니다.

회사 내 적합한 팀에 입사시키는 것이 목적은 아닙니다. 이런 방식으로 자기 자신에 대한 오해를 깨고, 거리를 두고 자신을 바라보는 방식을 선물해주고 싶은 것이지요. 자기 객관화가 중요하다는 이야기를 많이 하지만 막상 자기 객관화만큼 어려운 것이 없습니다. 내가 여기 이렇게 '나'로 버젓이 있으니 쉽지 않지요. 그래서 이런 진로 상담이 중요합니다. 그러면 대부분 나에 대한 주변 사람들의 이야기를 듣고(대체로 감동받는 편이죠), 이를 통해 자신의 장점을 발견하고 단점을 인정하게 됩니다. '아, 나는 이렇게 생겨먹은 사람이구나' 혹은 '사람들이 입을 모아 이렇게 얘기한다는 것은 내게 정말 이런 재능이 있는 거구나' 하며 천천히 자기 자신을 받아들이게 되지요. 자신의 장점과 단점을 아는 것은 진로를 찾아가는 데 큰 무기가 됩니다. 살아가는 데는 말할 것도 없고요.

어느 순간, 인턴 사원 K의 미래는 박 대리 손에 달리게 됩니다. 박 대리는 누구보다 열정적으로 K의 미래에 관심을 보입니다. 상담이 끝나갈 무렵, 박 대리에게 이런 질문을 던져봅니다.

"박 대리, 이 친구 어디로 보낼까?"

"팀장님, 음, 얘 바로 회사에 입사하면 서로 힘들겠는데요. 그래도 주변 사람들이 다들 디자인 감각이 있다고 하고, 본인도 예전부터 디자인 쪽에 관심이 있었지만 늦은 거 같아서 시작을 못 했다고 하니까, 우선 디자인 학원 수업을 들어보라고 하면 어떨까요?"

제가 달리 할 말이 뭐가 있겠습니까. 박 대리가 하자는 대로 해야지요. 마침내 진지하게 자기 인생의 진로를 스스로 잡아보려는 용기를 기꺼워하며, 저는 이런 말을 남길 뿐입니다.

"오케이, 콜~~"

이런 상담 서비스는
어떨까요

상담을 하다 보면 자기 자신을 벌세우는 사람들을 많이 만납니다. 세상 누구도 뭐라고 하지 않는데 스스로 무릎 꿇고 손 들고 있지요. 그런 사람들을 대할 때면 예전의 저를 보는 것 같아서 마음이 아픕니다.

나를 벌세우고 혼내고 미워하는 마음 저편에는 나를 안쓰러워하는 마음이 서성입니다. 나를 구박하고 비난하는 마음 저편에는 나에게 미안해하는 마음이 숨어 있지요. 나를 용서하고 싶지 않은 마음 저편에는 이제 그만 용서해주면 안 될까 하는 마음이 일렁이지요. 죽고 싶다고 생각하는 마음속에는 제발 누군가 도와주길 바라는 간절한 마음이 출렁이지요.

가끔은 이렇게까지 스스로에게 가혹해도 되냐고 묻고 싶습니다. 누군가에게 이렇게 함부로 대한 적 있냐고 묻고 싶습니다. 이만하면 됐다고, 이제 좀 봐주라고 말하고 싶습니다. 그만 좀 괴롭히고 사랑해주라고 말하고 싶습니다. 사랑이 뭐 별거인가요. 그냥 눈감아주는 거. 혼쭐을 내다가도 울고 있는 내가 안쓰러워서, 그만 울고 어여 나와서 밥 먹어, 하는 엄마처럼 나 좀 봐주면서 사는 거. 그런 게 사랑 아닐까요.

대학 선배 언니는 항상 저에게 잘했다고 말해줍니다. 제가 뭘 했다고 하면 말이 끝나기도 전에 먼저 "잘했어"라며 칭찬하고 이야기를 들어줍니다. 나 회사 관뒀어. 어, 잘했어. 나 상사한테 대들었어. 응, 잘했어. 나 집안일 파업했어. 응, 잘했어. 어쩌면 누가 얄미워서 한 대 때렸다고 해도 잘했다고 말해줄 것 같단 생각에 피식 웃음이 납니다. 가끔은 언니의 "잘했어" 그 한마디를 듣고 싶어서 일부러 전화를 걸기도 합니다. 제 핸드폰에 저장된 언니 이름도 '잘했어, OO 언니'지요.

어느 날은 언니에게 물어보았습니다. 왜 내가 뭘 했다고 하면, 바로 "잘했어"라고 하느냐고요. 언니가 이렇게 답하더라고요.

"내가 너랑 벌써 20년 넘었잖아. 네가 어떤 마음으로 사는지 알잖아. 오죽하면 네가 그랬겠나, 그럴 만했으니까 그랬겠지, 그런 마음으로 응원해주는 거지."

저는 이 말을 듣고 감동해서 펑펑 울었습니다. 언니는 진짜 상대를 사랑하는 방법을 알고 있었던 거지요. 내 머리로 판단하고 나오는 말은 상대에게 아무런 도움이 되지 않는다는 걸, 그건 그냥 자기 얘기를 하고 싶은 것뿐이라는 걸 언니는 알고 있었던 거지요.

내 앞의 존재를 신뢰하는 마음으로 그저 "잘했어"라고 말해주는 것. 그것이 누군가에게 줄 수 있는 가장 훌륭한 사랑이란 걸 언니를 통해 배웠지요. 사람들이 원하는 건 정도의 차이가 있을 뿐, 거의 비슷한 것 같습니다. 우리는 자기 존재에 대한 긍정, 인정, 칭찬, 신뢰를 받고 싶어 합니다. 지금 이대로 잘 살고 있다고, 잘했다고 말해주기를 바라지요. 그때 그 상황에서 네가 그렇게 했을 땐 그만한 이유가 있었겠지, 하고 밑도 끝도 없이 내 편이 되어주기를 바랍니다.

문득 이런 상담 서비스는 어떨까 생각해보았지요. 매일 밤 열한 시 그에게 전화를 걸어 말없이 그의 하루를 들어주고는 이렇게 말하는 겁니다. "당신은 제가 아는 사람 중에 제일로 세고요, 제일로 강하고, 제일로 훌륭하고, 제일로 장해요. 당신이 얼마나 훌륭한지 당신 혼자만 모르고 있어요. 오늘 하루 너무 잘 살았어요. 오늘 아침 눈 떠서 이 밤 여기까지 오느라고 고생 많았어요. 당신의 오늘 하루는 백 점이에요. 편히 쉬어요." 자신의 훌륭함에 미소 지으며 잠들 수 있도록, 안도하고 잠들 수 있도록 말입니다.

난 왜 이렇게 부족하지? 그건 왜 그렇게 했지? 이렇게 판단하는 주체와 근거는 그냥 내 생각일 뿐입니다. 내가 지어낸 생각에 속지 말아요. 잘 해내지 못한 장면을 생각하는 순간에도 그 생각과는 전혀 상관없이 나는 나의 삶을 살아가고 있습니다. 이렇게 밥 지어 먹고 가족들 챙기고 세상에 나가 일하고 다투고 화해하고 웃고 울고, 그 모든 것들을 잘 경험하고 있습니다. 충분히 훌륭하게 잘 살고 있습니다. 한 번도 멈춘 적 없이 나아가고 있습니다. 살아 있다면 성공하고 있는 중입니다. 자신이 하루하루 얼마나 훌륭하게 잘 살고 있는지 자꾸만 망각해버리는 세상의 수많은 존재를 응원합니다.

21년 6개월
일했어요

"그렇게 말씀해주시니 안심이 되네요."

퇴직을 앞두고 있는 B가 마침내 오랫동안 걸머지고 걸어온 무거운 짐을 내려놓은 사람처럼 이야기했습니다.

"직장 생활 참 오래 했죠. 남 좋은 일인 줄 알면서도 그만두는 게 쉽지 않았어요."

B는 직장에서 21년 6개월 일했다고 했지요. 말하는 얼굴 한편에 쓸쓸함이 비쳤습니다. 언뜻 작은 희망을 드리고 싶은 마음에 떠오른 생각을 가볍게 나누었습니다.

"인생 전반전도 아직 안 끝나신 것 같은데요. 고향 바닷가에서 재즈가 흘러나오는 작은 펍을 열고 싶다고 하셨잖아요. 이십 대의 하루키처럼요. 지금이 그때인가 봐요. 삶이 여기로 잘 데려왔네요. 이제 본인 욕망에 충실하게 살아보시면 어때요?"

B는 잔잔히 웃으며 그 말에 안심이 된다고 말했습니다.

"용기를 내볼까요? 그래도 될까요?"

그 말을 듣자, 그래도 된다고 한 명쯤은 말해주길 바라셨구나, 라는 생각에 가슴 언저리가 뜨거워졌습니다. 입에 발린 소리가 아니라 진심이라서 통했을 거라는 안도감이 느껴졌지요. 문득 15년 직장 생활의 마침표를 찍을 때, 제 스승님이 들려주신 우화가 떠올랐습니다.

스승과 제자가 길을 걷다 해 질 무렵 한 마을에 당도했습니다. 마을 끝자락에 작은 집이 있어 하루 묵기를 청하였더니 주인이 방을 내어주었지요. 날이 밝은 뒤 둘러보니 집 전체가 누추하고 가족들 역시 행색이 남루해 보였습니다. 이 집의 유일한 재산은 양 한 마리였는데, 이 양을 키워 시장에 내다 팔아야겠다는 생각에서인지, 가족들이 양을 여간 애지중지하는 게 아니었습니다. 양한테 혹시 무슨 탈이라도 날까 봐 전전긍긍하며 떠받드는 모양새였습니다.

잠자리를 내준 가족에게 감사 인사를 마치고 스승과 제자는 다시 길을 나섰습니다. 잠시 뒤, 막 마을 모퉁이를 도는데, 스승이 갑자기 멈춰 서더니 제자에게 그 집으로 돌아가 사람이 보지 않을 때 양을 낭떠러지에 밀어버리라고 했습니다. 제자는 깜짝 놀랐지만 스승의 뜻을 거역할 수 없기에 시키는 대로 양을 낭떠러지에 떨어뜨리고 도망쳐 오지요.

세월이 흘러 스승이 죽고 제자 혼자 우연히 그 마을을 다시 지나게 되었습니다. 그때 스승님은 왜 나에게 그런 일을 시켰을까. 그 집 식구들은 잘 살고 있을까. 마음 한구석 늘 미안함과 죄책감을 지니고 있던 제자는 그 가족을 수소문해보았습니다. 그런데 놀랍게도 그들이 마을에서 제일가는 부자가 되어 살고 있지 않겠어요?

그제야 제자는 스승의 깊은 뜻을 깨달았습니다. 오직 양 한 마리에만 매달려 있던 식구들은 양이 사라진 뒤에야 진짜 자신들이 살길을 찾아 나설 수 있었던 거지요. 어떤 것에도 의지할 수 없을 때 비로소 자기 안에 잠재해 있는 무한한 가능성을 만나게 되었던 것이지요.

이야기를 마치고 제 스승님께서는 따뜻한 눈빛으로 저를 바라보며 이렇게 말씀하셨습니다.

"잘했어요. 마지막 남은 한 마리 양을 낭떠러지에 떨어뜨렸군요. 그게 없어야 나로 살지요. 진짜 나로 살아가세요."

두렵고 막막했던 그때, 스승님의 말씀 덕분에 저는 얼마나 안도했던가요. 당시 저는 대학에서 진로 상담사로 근무 중이었는데, 코로나로 어수선한 분위기와 불투명한 고용 계약에서 오는 불안감에 지칠 대로 지쳐 있었습니다. 전체 상담사 중 절반만 남아야 하는 상황이었고, 운 좋게 남은 상담사 역시 급여 삭감이 예정되어 있었지요. 저는 고민 끝에 저 자신에게 안식년을 주기로 했습니다. 잠시 쉬어가는 보호 구간을 주자. 하늘도 올려다보고 풍경도 바라보면서 천천히 가보자. 그런 마음이었지요.

길었던 직장생활을 마무리한 뒤, 책으로만 보았던, 이름만은 그럴듯해 보이는 디지털 노마드족으로 살게 되면서, 처음 6개월 동안은 잠이 오지 않았습니다. 무척 불안했지요. 하지만 서서히 상황을 받아들이게 되었습니다. 그동안 꼭 붙잡고 있던 것들을 내려놓으니, 그동안 전부라고 생각했던 세상의 문이 천천히 닫혔습니다. 동시에 새로운 문이 조금씩 열리기 시작했습니다. 안 가본 세상이었지요. 늘 꿈꾸던 세상이었지만 두려웠습니다. 출퇴근이 없으니 시간은 느긋하게 흘러갔지만, 그 시간의 풍요 속에서 저는 어느 때보다 더욱 나 자신의 이야기에 귀 기울였습니다. 내적으로 치열한 성장이 이루어진 시기였지요. 누구도 도와줄 수 없는 내 인생의 방향을 홀로 찾아야 했습니다.

문득 퇴사를 앞둔 한 친구가 생각났습니다. 오랜 직장생활 중에 친구가 울고 웃고 좌절하고 성장하는 모습을 쭉 곁에서 지켜보았지요. 회사와 연이 끊어진 것처럼 보인 지는 꽤 되었습니다. 친구는 벼랑 끝에 선 느낌이라고 했습니다. 스스로 알고 있으면서도 손을 놓지 못하는 친구가 저는 참 안타까웠지요. 세계 곳곳을 여행하며 스킨 스쿠버를 하고 사는 것이 꿈이라는 친구에게 이런 이야기를 들려주고 싶습니다.

"가끔 너를 보면 무거운 짐을 지고 기차에 올라탄 사람 같아. 기차에 탔으니 내려놓아도 되는데, 기차가 잘 싣고 가 줄 건데 꼭 자기가 들어야 한다고 고집부리며 그 무거운 걸 들고 있는 딱한 사람. 살아온 삶을 돌아봐. 이렇게 애도 써보고 저렇게 애도 써봤지만 그때그때 살아졌잖아. 내 생각대로 된 것도 있고 안 된 것도 있잖아. 그런데 여기까지 잘 왔잖아. 안심해도 돼. 옳은 방향으로 잘 가고 있어. 삶이 잘 데려가고 있어. 네가 해야 할 경험 속으로. 중중무진重重無盡의 수많은 인연을 동원해서. 그러니 너 자신을 온전히 삶에 내맡겨봐. 진짜 네 가슴이 원하는 것에 한 걸음 더 다가가 봐. 세상이 너를 돕고 있다는 걸, 내가 언제나 네 곁에 있다는 걸 잊지 마."

이 이야기를 들은 친구가 어떤 표정을 지을까 생각하니 다시 마음이 먹먹해집니다.

쓰다 보니 문득 깨닫습니다. 어쩌면 이건 친구에게 들려주고 싶은 이야기가 아니라, 내가 나에게 들려주고 싶은 이야기라는 걸요. 낮에는 업무 사이사이 틈날 때마다 햇빛 샤워를 하며 공원을 산책하고 카페나 도서관에서 책을 읽거나 글을 쓰며 은은한 기쁨 속에 머물다가도, 어두워지면 어김없이 불안이 찾아옵니다. 상담과 프로그램, 밀린 업무를 처리하며 바쁘게 일하다가도, 문득 내가 이 모습 이대로, 이런 흐름과 속도로 계속 살아도 될까, 라는 한 생각이 일어나면 수천 개의 생각 파도가 이때다 싶게 연달아 파도치며 마음을 어지럽히곤 합니다.

그럼에도 지금의 저는 사는 것처럼 사는 느낌입니다. 남들이 시키는 대로가 아닌 내 삶의 주인으로서 '진짜 나'로 살고 있다는 느낌. 내가 좋아하는 일에 몰두하며 내 본래의 원함에 충실하게 살고 있다는 느낌. 이 느낌은 오로지 나만이 느낄 수 있는, 내가 나 자신과 하나 되는 가장 자연스러운 감각이기에, 이 불안감을 생생하게 만지며 좀 더 걸어가볼까 합니다.

요즘 제가 자주 하는 말은 '모르겠다. 그냥 해보자. 가보자'입니다. 여기까지 오느라 고생 많았던 나를 잘 다독이면서, 내 앞에 펼쳐진 삶을 믿고, 지금 여기 오늘의 나를 믿으면서 조금 더 나아가보려고요. 생각보다 저는 불안과 기쁨이 버무려진 인생의 한 구간을 잘 건너가고 있습니다.

인생은
계획된 우연일까

20여 년 전에 읽었던 은희경 작가의 《새의 선물》이 얼마 전 백 쇄를 돌파했다는 소식을 듣고 북클럽 회원들과 함께 다시 책을 펼쳐보았습니다. 이 책은 열두 살 진희의 시선에서 바라보는 어른들의 모습이 적나라하게 묘사되어 있지요. 세월이 흘러 다시 책을 읽으니 이전에는 이해되지 않던 등장인물들의 감정에 깊이 공감할 수 있었습니다. 이토록 여러 감정을 느껴보는 것도 참 오랜만이라는 생각이 들었지요. 뜨끔하고 아련하고 뭉클한 마음이 연이어 찾아왔습니다. 동시에 우리 인간에게 일어나는 일이 얼마나 '우연'에 기대고 있는지 곱씹어보게 되더군요.

어떤 사람의 실루엣을 보고 그에 대한 환상을 키워가던 진희는 소설 말미에 어떠한 사실을 깨닫고 삶에 조롱당한 기분에 휩싸입니다. 그러면서 이렇게 말합니다. "어이없고 하찮은 우연이 삶을 이끌어간다. 그러니 뜻을 캐내려고 애쓰지 마라. 삶은 농담인 것이다."

이 문장이 제 마음속을 오래 떠다닌 건 저 역시 삶은 우연으로 이루어졌다고 생각하기 때문입니다. 상담실에서 내담자들의 이야기를 듣다 보면 그들의 삶에 많은 우연이 존재한다는 점을 깨닫게 됩니다.

우리가 진로를 선택하는 데 우연이 영향을 미칠까요? 진로 상담의 학습 이론 중 우연 학습 이론Happenstance Learning Theory을 연구한 존 크럼볼츠John Krumboltz 교수는 바로 이 질문에 깊이 천착합니다. 우연 학습 이론에서 가장 중요한 개념은 계획된 우연 이론입니다. 크럼볼츠 교수는 인간이 살아가면서 마주치는 다양한 우연적 사건이 개인의 진로에 영향을 끼친다는 점에 주목합니다. 당시 전통적인 커리어 이론은 개인의 특성과 강점에 맞춰 최적의 직업을 선택할 수 있도록 논리적이고 체계적인 방법을 제안하고 학습시키는 데 초점을 맞추고 있었습니다. 이와 달리 계획된 우연 이론은 개인의 특성과 강점이 환경에 따라 변화한다고 전제합니다. 예측할 수 없는 불확실한 미래에 유연한 태도를 취하고 자신에게 펼쳐지는 우연을 삶의 기회로 활용하도록 돕기 위해서였죠.

존 크럼볼츠 교수는 어릴 적 자신이 심리학과 교수가 될 거라고 생각해본 적이 한 번도 없었습니다. 그건 그저 우연에 의해 일어난 결과였습니다. 어린 시절의 크럼볼츠 교수는 어느 날 부모님이 사주신 자전거를 타고 두 블록 너머의 다른 동네에 놀러 갔습니다. 부모님은 늘 멀리까지 가지 말라고 주의를 줬지만, 그날 문득 한 번쯤 멀리 가보고 싶은 마음이 들었던 거죠. 그리고 그 동네에서 우연히 예전 유치원 때 친구를 만납니다. 이후 어린 존은 그와 친해졌고, 친구가 좋아하는 탁구와 테니스를 같이 치며 시간을 보냈습니다. 그러다 자신이 테니스에 재능이 있다는 걸 깨달았고, 고등학교 때 테니스 대표팀에 들어가죠. 자유학부제로 대학에 입학한 뒤에도 그는 테니스를 즐겨 쳤는데, 2학년에 올라가면서 전공을 선택해야 될 때가 왔습니다. 어떤 전공을 선택할지 고민하던 중 가까운 어른인 테니스 코치에게 의견을 구했지요. 코치는 대번에 "전공은 심리학이 최고지"라고 이야기했고, 그 말을 듣고 존은 곧바로 심리학을 전공으로 선택했습니다. 심리학에 대한 어떠한 배경지식도 없는 상태에서 우연에 의해 운명이 결정된 순간이었지요. 존 크럼볼츠 교수는 우연적 사건의 '내용'도 중요하지만 더 주목해야 할 것은 그 일들이 일어나는 '과정'에 있다고 말합니다. 자신의 커리어를 정하는 계기에 스스로의 '행동'이 관여했다는 점을 강조한 것이지요.

만약 크럼볼츠 교수가 어린 시절 자전거를 타고 멀리까지 나가는 모험을 감행하지 않았다면 어땠을까요? 거기서 유치원 동창을 만나지 못했다면요? 그는 친구가 탁구를 치자고 했을 때 거절하지 않고 탁구를 쳤고, 테니스 게임을 즐겼고, 테니스 대표팀 활동을 열심히 했습니다. 전공을 선택해야 할 때는 코치에게 물어보았고, 심리학 전공을 선택한 후 꾸준히 공부해서 교수가 되었죠. 크럼볼츠 교수는 우연같아 보이는 행운을 불러오는 다섯 가지 요인으로 호기심, 낙관성, 끈기, 융통성, 위험 감수를 꼽았습니다. 신기한 건 그의 삶에서 이 다섯 가지 요인을 골고루 찾아볼 수 있다는 겁니다.

앞으로 우리가 살아갈 세상은 점점 더 예측 불가능하고 변화무쌍해질 겁니다. 아무것도 예측할 수 없기에 진로 상담자로서 상담하기가 점점 어려워지는 것도 사실이죠. 《새의 선물》에는 이런 구절이 나옵니다. "세상에 기적이란 없다. 그러나 우연은 많다. 아니 세상의 중요한 일은 공교롭게도 모두 우연이 해결한다." 저는 이 문장의 말미를 이렇게 수정하고 싶습니다. '우연'이 해결하는 것이 아니라 우연적 사건 앞에서 어떻게 '행동'하느냐가 내 삶을 내가 원하는 곳으로 이끌어간다고요. 제가 삶을 우연이란 관점에서 바라볼 수 있었던 건, 소설 속 등장인물이나 내담자들의 이야기를 한 걸음 떨어져서 들여다보았기 때문입니다. 만약 우리가 우리 자신의 이야기를 한 편의 소설처럼 바라보면 어떨까요? 내 인생에서 예상치 못했던 어떤 사건이 일어났나요? 당시에 실패처럼 보인 것들이 지금은 기회로 여겨지는 부분이 있나요? 지금의 일을 시작하는 데 가장 큰 영향을 끼친 사건은 무엇이었나요? 그 사건의 원인이 된 나의 행동은 무엇이었나요?

앞으로도 우리 인생에는 예상치 못한 일들이 발생할 겁니다. 그 일은 나를 좋은 방향으로 이끌 수도, 하나의 해프닝으로 끝나버릴 수도 있겠죠. 하지만 내 인생의 방향을 바꾸는 데 나 자신의 행동이 관여한다는 것을 안다면, 앞으로의 날들이 덜 불안하게 느껴지지 않을까요? 조금 더 적극적으로 행동할 수 있지 않을까요?

당신에게 어떤 상황이 발생하든 가볍게 마음에 따라서 행동했으면 좋겠습니다. 어떤 결과가 펼쳐질지 알 수 없는 불안감 속에서 특정한 행동을 선택한다는 것이 쉽지 않다는 걸 저도 잘 알고 있습니다. 저는 가끔 제가 꾸무럭거린다고 느껴질 때, 랄프 왈도 에머슨의 이 말을 떠올려보곤 합니다. "너무 소심하고 까다롭게 자신의 행동을 고민하지 마라. 모든 인생은 실험이다".

우리는 모두 인생을 실험하는 중입니다. 실험은 다양한 시도와 실패를 통해 나아갈 뿐, 성공과 실패로 정의할 수 없지요. 직업 세계는 요동치고 있습니다. 평생직장의 개념은 사라진 지 오래고, 기업은 더 이상 개인에게 충성심을 기대하지 않습니다. 이직과 전직이 필수인 시대가 도래한 것이죠. 빠르게 변화하는 직업의 세계를 받아들이는 유연한 태도가 어느 때보다 필요한 시기입니다. 우리는 인생에서 여러 번의 실패를 거쳐서 다양한 직업을 경험하게 될 겁니다. 실패로부터 자기 자신을 지키기보다 실패를 통해 나 자신이 진짜 원하는 길을 발견했으면 좋겠습니다. 작은 경험이라도 망설이지 말고 도전해보세요. 그리고 그 작은 우연이 당신을 어디로 이끌고 가는지 흥미롭게 지켜보세요.

즐겁게 살지 않는 것은
죄다

동네 미용실에 가서 머리를 했습니다. 새로 이사를 가면 주변 정세(?)를 살피는데, 중요한 일 중 하나가 나만의 미용실 찾기입니다. 매장이 큰 미용실은 지양하는 편입니다. 혼자 자신만의 멋을 담뿍 담아 꾸려가는 작은 1인 미용실이 좋습니다. 우선 동네 미용실 몇 군데를 돌아다니며 관찰해야 합니다. 공간의 느낌과 청결 상태도 무시할 수 없지만 무엇보다 미용실 언니의 캐릭터가 중요합니다. 웃는 상이 좋지요. 학생들에게 친절하고 반말을 하지 않으면 합격선이고, 동네 아줌마들이 음식을 나눠주는 분위기면 합격입니다. 아줌마들은 까다롭습니다. 그런데도 음식을 가져다준다는 것은 미용실이 동네에 잘 자리 잡았다는 증거죠.

물론 그보다 중요한 건, 헤어디자이너로서의 프로의식이지요. 내가 볼 수 없는 나의 뒤통수와 뒤꼭지를 유심히 살펴서 나를 가장 돋보이게 하는 스타일링을 연구하는 모습,

내 말을 귀 기울여 듣는 자세, 그리고 자신의 전문적 소견을 보태어 적절한 선에서 협상하는 태도를 살핍니다. 결코 고객의 말에 휘둘리지 않고, 그렇다고 자신의 의견을 지나치게 강요하지 않는 자세 같은 것이죠. 머리를 다루는 동안의 진지한 태도와 가끔 던지는 명랑한 대화, 적당한 내버려둠, 완성작을 함께 보며 감탄하는 연기도 필요합니다.

진로 상담 일을 하다 보니 직업인을 만나면 부러 열심히 관찰하고, 여건이 허락하면 언제든 인터뷰 형식의 대화를 하게 됩니다. 기본이 되는 첫 번째 질문은 '일을 하면서 즐거운가?'입니다. 귀를 열고 답변을 정성껏 들으면서 눈으로는 질문을 받았을 때 상대방의 표정이 어떤지 유심히 살핍니다. 때로 말보다 표정이 정답에 더 가깝다는 생각이 듭니다. 입으로는 "아니, 뭐 일은 다 힘들죠"라고 하면서도 얼굴에 그늘이 지지 않고, '뭐 이런 질문을 다 하나?' 하고 쑥스러워하는 듯한 느낌이 있다면, 그 일을 어느 정도 즐기고 있다고 볼 수 있습니다.

"언니, 언니는 일하는 거 즐거워요?"

"어머, 자기 웃긴다. 그런 질문은 또 처음이네."

"그냥요, 미용실에서 일하는 건 어떤가 해서요."

"음....... 뭐 힘들 때도 있지만 난 즐거워."

"어떤 점이 즐거우세요?"

"우선 제일 좋은 건 여기 온 사람들이 예뻐져서 나간다는 거야."

"(이런 멋진 관점이라니!) 아……."

"내가 사부작사부작 머리를 만져줬는데 마치고 나서 뿌듯한 표정으로 나갈 때 기분이 좋아. 왜 마지막에 웨이브나 컷 나왔을 때 의자 돌려서 거울로 뒷머리 보여주잖아. 그때 사람들 표정 보는 재미가 있어. 표정 없는 사람들도 약간은 자기 딴에 만족을 드러내는 표정이 있거든."

"아……."

"내가 큰 병에 걸려서 병원에 오래 입원했었거든. 거기서 보니까 병원에서 일하는 분들 힘드시겠더라. 사람들 다 아파서 소리 지르고 짜증 내고. 나도 평소 신경질 안 내는 편인데 아프니까 미치겠더라고. 괜히 간호사한테 짜증 내고 나중에 미안해서 또 마음이 무겁고. 그거 반복하다 알았지. 아, 나 좋은 일 하는구나, 사람들 기분 좋아지게 하는 직업이구나, 얼른 다시 일하고 싶다……, 그랬지."

"아……. 아프셨구나. 지금 이렇게 다시 즐겁게 일하시니 다행이에요."

"그냥 그렇더라. 머리하러 오는 게 별거 아닌 거 같은데 이게 난 별거 같아. 대체로 뭐 좋은 날 있을 때, 데이트나 어디 여행 가거나 무슨 행사 있을 때 머리하는 경우가 많거든. 설레는 이야기 듣는 것도 좋고, 일상사 듣는 것도 좋고. 사람들 얘기에 힘이 나기도 하고, 힘내라고 응원해주기도 하고. 그냥 마음 나누는 거더라고, 머리하는 거 아니고. 그런 것들이 즐거워."

"언니는 진짜 멋진 직업인이네요."

"그런가. 자기도 즐겁게 살아. 가끔 머리하고 예뻐지면 좋은 데 가서 분위기도 잡고 즐겁게 보내. 오래 아파보니까 알겠더라고. 나 즐겁게 살다 가기로 했어."

뭐 이렇게까지 이야기를 나눌 생각은 없었는데, 그녀의 지난한 사연과 인생 철학까지 들어버렸네요. 고등학교 때 무라카미 류의 《식스티 나인》이라는 책을 무척 통쾌하게 읽었습니다. 지금도 기억나는 문장은 바로 "즐겁게 살지 않는 것은 죄다. 유일한 복수 방법은 그들보다 즐겁게 사는 것이다"입니다. 주인공은 고등학교 3학년 학생으로, 그가 말하는 복수 대상인 '그들'은 기성세대였지요. 저도 어른들에게 반항하며 '내 멋대로 살 거야!' 속으로 다짐하던 시절이었기에 더욱 공감하면서 읽었지요.

누군가에게 복수하기 위해서 즐겁게 살겠다고 외치던 청춘의 시절은 지나갔습니다. 이제는 누군가와 상관없이 내가 좋아하는 일을 하면서 즐겁게 살고 싶습니다. 자기 일을 좋아하는 사람은 당해낼 수 없는 법이니까요. 좋아하는 일을 하며 사는 것만큼이나 중요한 건 자신이 하는 일 중에 '좋아하는' 부분을 발견해서 마음껏 좋아하는 것이 아닐까요. 그거야말로 진정한 재능이 아닐까 생각해봅니다. 잘 살펴보면 미용실 언니가 두근두근하며 거울로 뒷머리를 보여줄 때의 그 짜릿한 장면이 우리 각자가 하는 일 중에도 숨겨져 있지 않을까요.

그런데 이 미용실 어쩌지요. 오래도록 단골이 돼버릴 것 같습니다. 파마도 아주 잘 나왔네요. 가을엔 웨이브니까요. 머리를 찰랑이며 즐겁게 걸어 나왔습니다. 가을 햇살이 눈부십니다.

자기 자신을
존경한다는 느낌

일대일 책 치유 상담을 진행하고 있습니다. 운영하고 있는 북클럽(독서모임)이 여러 사람과 함께 하는 집단 상담 형태를 띤다면, 책 치유 상담은 개인 상담 형태로 진행되지요. 책 선정은 내담자의 상황에 맞추어 읽어보면 좋을 책을 서너 권 추천하고 본인이 결정하도록 합니다. 몸과 마음이 힘든 경우, 진로가 불투명한 경우, 인간관계에서 힘든 경우, 사회생활에서 어려움을 겪는 경우, 그 시기를 거쳐가면서 함께 읽고 사유해보면 좋을 책을 추천합니다. 책 선정이 끝나면 완독 목표 날짜를 정하고, 필사와 자기 생각을 작성하는 방법을 안내해줍니다. 상담을 진행하다 보면, 한 문장을 가지고 한 시간 이상 나눔을 할 때도 종종 있습니다. 그런 문장은 자신의 현주소, 즉 지금 내가 걸려 넘어지고 있는 나무뿌리가 무엇인지 가리킬 때가 많지요.

이번 달 P와 함께 읽고 있는 책은 《모리와 함께한 화요일》입니다. 이 책은 제자 미치가 옛 스승 모리 교수를 찾아가 스승의 마지막 수업을 듣는 이야기입니다. 모리 교수는 세상, 가족, 죽음, 자기 연민, 감정, 사랑 등 다양한 주제를 다루며, 바쁘게 살아가는 현대인에게 지금 무엇을 잃어버리며 살고 있는지 돌아보게 하지요. 모리 교수처럼 저 역시 청년들과 오랜 시간 함께했다 보니 그가 말하는 삶의 철학이 상담가인 제게 깊은 인상을 남겼습니다.

"이 문장은 좀 이상한 것 같아요."

세 번째 시간에 P가 말했습니다. P가 의문을 품은 건 모리 교수가 '돈'에 관해 이야기하는 부분이었습니다. 모리 교수는 우리가 진짜 만족감을 느끼는 순간은, 무언가를 소유할 때가 아니라 자신이 줄 수 있는 것을 타인에게 주는 순간이라고 말합니다. 시간을 내주고 관심을 보여주고 이야기를 나누는 등 작고 사소한 행위로도 가능하지요.

"외로운 노인과 카드놀이를 하면 새롭게 자기에 대한 존경심이 생길 거야. 왜냐하면 누군가 자신을 필요로 하게되니까 말이야."

그런데 P는 이 문장에서 '자기에 대한 존경심'이란 어떤 감정인지 구체적으로 와닿지 않는다고 말했습니다. '존경심'의 사전적 정의는 남을 공경하고 높이 받들어 모시는 마음인데, 우리나라 정서상 자기를 존경한다는 것이 이해가 되지 않는다고 했지요. 모리 교수가 전하고자 하는 메시지는 무엇일까요? 나를 존중하고 존경한다는 건 어떤 의미일까요? P와 저는 서로 질문하고 답변하며 함께 고민하는 시간을 가졌습니다.

먼저 '존경'이란 추상적 단어를 문장으로 풀어보기로 했지요. 이런저런 이야기를 나누다 보니 '자기에 대한 존경'이란 '난 내가 정말 좋아!'라는 느낌보다는 '아, 내가 꽤 괜찮은 사람이구나!'와 좀 더 가깝다는 데 의견이 일치했습니다. 다음으로 우리는 나에게 점수를 준다고 가정해보기로 했습니다. 내가 나의 승진을 위해서 열심히 노력했을 때 10점을 준다면, 바쁜 시간을 쪼개어가며 누군가를 위해 밥퍼 봉사나 자선 활동을 하는 나에게도 같은 점수를 주게 될까요? P에게 묻자 그녀는 아니라고 답했습니다. 눈에 보이는 보상이 없더라도 스스로가 자랑스럽게 느껴질 것 같다면서 두 배의 점수를 주고 싶다고 했습니다.

저 역시 그렇습니다. 내가 쓸모 있고 쓰임이 있을 때, 기운이 나고 '살아 있음'을 느낍니다. 나만 잘 먹고 잘 사는 데 나를 쓰는 것이 아니라 좀 더 큰 대의에, 좀 더 세상이 좋아지는 쪽에 내가 쓰였을 때 느끼는 만족감이 나를 존경하는 마음 아닐까 싶습니다. 비록 금전적 보상이 아니더라도 의미 있는 일을 행했을 때는 정신적 보상이 돌아옵니다. 마음이 넉넉하고 풍성해지지요. 혼자가 아니라 사람들과 연결되어 있다는 따뜻한 안도감을 느끼게 됩니다. 그 생생한 감각이 내 삶을 이끌어가는 동력이 되니, 그 어떤 것보다 값나가는 보상이 아닐 수 없습니다.

죽고 나서 천국에 가면 신이 우리에게 한 가지 질문을 던진다고 합니다. "너는 이번 생에 태어나 너의 재능을 잘 썼느냐?" 이 질문에 "네!"라고 자신 있게 답할 수 있는 삶을 살고 있는지 스스로에게 질문해봅니다. 신이 묻는 재능의 쓰임이 결코 나 자신의 안위를 위한 쓰임만을 말하지는 않을 것입니다. 나 하나 잘 살려고 우리가 이 불가해한 세상을 살고 있을 리 없지요. 나를 존경한다는 건, 이토록 귀한 나를 세상에 기꺼이 내맡기고, 세상 곳곳에 내 재능을 마음껏 펼치는 일이 아닐까요.

상담을 마치며 P가 말했습니다.

"제 재능을 더 발견해야겠네요. 잘 살아봐야겠네요. 세상 속으로 더 나아가봐야겠네요."

시처럼 아름다운 화답을 듣는 순간, 내가 잘 쓰이고 있음에 깊이 감사하게 됩니다.

너는 왜 인스타그램에
바느질을 하니

"선생님은 어떤 사람이 멋있는 거 같아요? 막 끌리는 사람, 그런 사람이요."

학교 상담실을 찾아온 C가 초롱초롱한 눈빛으로 물었습니다.

"그건 왜 물어보는데?"

"그런 사람이 되고 싶어서요."

"그런 사람이 어떤 사람인데?"

"사람들이 막 끌리는⋯⋯. 선생님, 혹시 '인스타그램에 바느질한다'라는 말 들어보셨어요?"

"아니. 그게 무슨 뜻인데?"

"그게, 음⋯⋯, 일종의 '관종' 같은 건데요. 자기를 드러내고 싶은 애들이 매일 인스타그램 스토리에 자기가 어디에서 뭘 했는지 실시간으로 계속 올리는 거예요. 핫한 곳이나 남들 보기에 혹하는, 그런 사진이 대부분이죠. 스토리 올리면 스토리 위에 작은 줄이 그어지는데 자주 올리면 그게 박음질한 것처럼 촘촘하거든요. 그거 보고, 너 왜 인스타에서 바느질하냐, 이렇게 말해요."

"오, 그렇구나! 너도 그렇게 올리고 싶은 거야?"

"뭐, 딱 걔네처럼 그러고 싶은 건 아닌데요, 핫하고 힙해지고 싶은 마음은 있어요. 사람들이 주목하고 좋아하고⋯⋯. 사람들이 막 다 흠모하는 인기 있는 사람, 그런 사람이 되고 싶긴 해요. 선생님은 어떤 사람이 그런 사람 같아요?"

이런 질문은 처음 받아봐서 약간 당황했습니다. 표정이 너무 진지해서 웃어넘기기도 힘들었지요. 진짜 인기 있는 사람이 되고 싶은 저 표정이라니요. 나름의 진지한 질문에 다정하게 답변해주고 싶은 마음이 제 안에서 일렁거렸지요.

"글쎄, 생각을 좀 해보자. 인기 있다는 건, 사람들의 관심이 자연스럽게 기울게 되는 그 사람만의 독특한 분위기나 에너지 같은 것이라고 보면 되려나. 말솜씨가 뛰어난 사람? 그럴 수 있지. 하지만 자기 말만 하고 듣지 않으면 오래 못 가니까 그건 꽝. 잘생기거나 예쁘거나 몸매가 좋거나 목소리가 좋은 사람? 그것만으로 인기 있는 사람도 많지만, 그게 줄곧 지속되지는 않더라. 외면은 늘 변화하니까."

그래서일까요? 생각해보니 저는 한 가지 모습만 고수하기보다 다양한 모습을 솔직하게 드러내는 사람을 좋아했습니다. 반전 매력이 있는 사람 말입니다. 야성미 넘치는 겉모습과 달리 나조차 잊고 있던 내 지난 안부를 조심스럽게 물어봐주는 사람. 평소에는 수줍고 어리숙한데 자기 전문 분야에 대해 이야기할 때는 눈을 반짝이며 열정을 쏟아내는 사람. 뜨거운 태양빛을 내뿜지만 은은한 달빛을 호주머니에 담고 있는, 해와 달을 모두 품은 사람. 남성성과 여성성이 공존하는 사람. 식물적인 줄만 알았는데 동물적이고 본능에 충실한 사람. 저도 모르게 그런 사람에게 끌리더라고요.

많은 사람들이 자연과 함께 있는 걸 좋아합니다. 어쩌면 그건 자연이 한쪽으로 치우치지 않고 조화롭게 균형 잡혀 있기 때문이 아닐까 싶습니다. 음과 양 두 가지 중 하나에 치우쳐졌다면 그것은 학습된 모습일 뿐이죠. 자연은 그런 상태일 수 없습니다. 커다란 순환 시스템으로, 하나의 거대한 몸통으로, 이 복잡하고 신비롭고 아름다운 우주를 돌려야 하니까요. 그 안에는 뜨거움과 서늘함이, 아름다움과 추함이, 날카로움과 부드러움이, 강인함과 나약함이 공존하고 있지요.

"내 안에도 네 안에도, 울퉁불퉁하고 모난 모습과 둥그렇고 따스한 모습이 수레바퀴 돌듯 함께 돌고 있어. 보기에 좋은 것만 잡지 않는다면, 보기에 싫은 것을 외면하지 않고 그대로 인정해준다면, 우리 인간은 비로소 자연에 가까워지는 거지.

학습되기 전의 날것. 여자도 아니고 남자도 아닌 것. 분홍도 아니고 하늘도 아닌 것. 분홍이면서 하늘이면서 노랑이기도 한 것. 여자이면서 남자이고 남자이면서 여자인 것. 우리는 동전의 양면처럼 이 모습과 저 모습을 공평하게 품고 작은 소우주를 돌리고 있어. 거대한 우주의 한 부분으로서 각자의 원을 굴리면서 말이야."

한참 이야기하다 보니 문득 깨달았습니다. 저는 자연을 닮은 사람이 매력적이고 아름답다고 여긴다는 걸요. 머리로 계산하지 않고 가슴을 잘 느끼는 사람. 여성적이면서 자신 안에 품고 있는 본능적인 뜨거움 역시 드러낼 줄 아는 사람. 남성적이면서 그 안에 숨어 있는 다정함과 세심함, 수줍음 역시 내치지 않고 자기 것으로 인정해주는 사람. 어느 한쪽만을 붙잡지 않고, 있는 그대로의 자기 모습으로 사는 사람.

아름답다는 건, '나답다'는 것과 동의어가 아닐까 싶습니다. 저는 당신이 남들에게 주목받고 인기 있는 사람이 되기 위해 노력하기보다 그저 있는 그대로의 모습으로 살았으면 좋겠습니다. 내 안에 있는 못생긴 모습, 날카로운 모습, 부족한 모습도 인정하고 허용해주면서, 밝고 따사로운 모습도 당연시하지 않고 칭찬해주면서 말입니다. 우리가 만나는 모든 사람들이 못난 구석도 잘난 모습도 동시에 지니고 있다는 것을 잊지 않으면서요. 그렇게 나 자신과 타인에 대한 연민을 가슴에 품고 살았으면 좋겠습니다. 자신을 인정하고 사랑하다 보면 언젠가 나만의 은은한 향기를 내뿜고, 결국 그 향이 주변으로 퍼져나갈 테지요. 그렇게 우리는 고유하고 유일한 나만의 향기를 지닌 꽃으로, 장미도 백합도 개나리도 코스모스도 아닌 '나꽃'으로 살아갈 테지요.

이 생에 너의 두근거림은 무엇이니

"만일 지금 타히티에 간다면 어떨까?"

타히티를 떠올린 것은 서머싯 몸의 소설 《달과 6펜스》 때문일 거야. 주인공 찰스는 런던에서 잘나가는 금융 중개인이지만, 오직 그림을 그리기 위해 안정적인 직장과 가정을 버리고 훌쩍 파리로 떠나지. '떠나버린다'라는 표현이 더 적합할 수 있겠다. '떠나버린다'는 '떠난다'에 비해서 운명에 좀 더 몸을 맡기는 느낌이 드니까.

《달과 6펜스》는 화가 폴 고갱의 삶을 바탕으로 쓰인 작품으로, 실제 고갱은 파리를 떠나 남태평양 타히티로 이주하여 창작 활동을 이어갔어. 꽉 짜인 현실에서 벗어나 본인이 원하는 대로 자유롭게 살고자 하는 욕망은 우리 모두에게 내재되어 있어. 익숙한 곳을 홀연히 떠나는 그들의 '낯설게 하기'는, '살아 있음'이 아니면 달리 무엇이라 말할 수 있을까.

이십 대 후반, 영국 런던에서 6개월 정도 머무른 적이 있어. 첫 회사에서 3년 반 동안 일하며 모아둔 돈을 들고 '떠나버린' 거지. 울퉁불퉁하고 뾰족뾰족한 나를 네모 안에 가두어야 했던 직장 생활. 매일 이를 닦으며 이 치약만 다 쓰면 그만둘 거라는 다짐으로 버틴 날들이었어. 떠나는 것 외에는 달리 방법이 없었어. 내가 처음 직장을 다니던 시절에는 한 회사에서 3년 이상 근무하지 않은 사람은 사회생활에 적합하지 않다고 보는 분위기가 있었어. 선배들이 딱 3년만 참으라고 말하는 걸 고지식하게 믿었지. 3년만 채우면 속 보일까 봐 3년 6개월이 되는 날짜에 동그라미를 쳐놨어. 그게 참 마음이 그렇더라. 이 힘든 시간이 영원할 거라고 생각할 때는 죽을 것 같더니 내가 내 의지로 퇴사일을 정해놓으니까 살 만하더라고. 너희들이 아무리 그래봐라, 난 7월이면 이 회사에 없을 테니, 이런 마음. 돌아보면 내 삶의 방향키를 내가 쥐어본 첫 경험이었어. 아슬아슬하고 달콤한 시간이 흐르고 나는 정말 7월에 퇴사를 외치고 회사를 뛰쳐나오는 만행(?)을 저질렀지. 인생의 다음 장면은 전혀 그려놓지 않은 채로.

어떻게 그렇게 무모할 수 있었을까 생각하면 지금도 신기해. 오랜 바람대로 런던에 머물면서 예술과 문화에 듬뿍 젖어서 보냈어. 낮에는 틈날 때마다 미술관과 박물관, 거리를 걸어 다니며 이 찬란한 도시에서 살아 숨 쉬고 있다는 사실에 들떠 지냈어. 하지만 어둠이 찾아오면, 앞으로 어떻게 살아야 하나, 생생하게 만져지던 불안감으로 한 땀 한 땀 이불을 지어 덮고 불안에 떨며 자는 날들이 이어졌어. 가난하고 불안했지만 어느 때보다 날것의 내 욕망과 버무려진 시간이었어. 무엇보다 그때의 나는 생생하게 살아 있다는 느낌이었지.

만일 지금 타히티에 간다면 어떨까? 나를 아는 사람이 한 명도 없는 곳. 부양해야 할 가족이 없고, 세상의 잣대를 들이미는 부모와 형제도 없고, 눈치 보거나 경쟁해야 할 사람이 없는 곳. 심지어 돈을 벌어야 할 책임도 없다면? 그렇다면 너는 무엇을 하고 싶니? 너란 사람의 욕망을 있는 그대로 들춰보라는 말이야. 무엇이 이 생에 네가 가지고 온 두근거림이니? 그동안 세상과 사람들 눈치 보며 열심히 살지 않았니? 이만하면 됐어. 이제 이 생에 온 네 진짜 꿈을 궁구할 때야. 남의집살이 그만하고 네 집으로 돌아갈 때란 말이야.

요즘은 사람들을 만날 때 이 질문을 자주 해. 질문을 대하는 사람들의 태도와 표정에는 온도 차가 있지만 반가워하는 쪽이 훨씬 많아. 어떤 이는 곰곰이 생각해보고 다음번 만날 때까지 답을 주겠다고 해서 나를 놀라게 했어. 또 다른 이는 자신은 타히티 말고 부탄으로 가면 안 되겠냐고 되물었어. 그러라고 대답하는데 왠지 마음이 짠했어. 그의 오랜 꿈을 훔쳐본 것 같아서.

사람들은 자기 꿈을 이야기했어. 누군가는 춤을 추고 싶다고 했고, 누군가는 꽃과 식물에 대해 공부해보고 싶다고 했어. 누군가는 바닷가에서 작은 카페를 하고 싶다고 했고, 누군가는 물속에서 할 수 있는 일을 찾아 하고 싶다고 했어. 맛집 마니아 친구는 거기서도 맛집을 찾아 레시피를 탐구할 것 같다고 말하며 눈을 반짝였어.

꿈을 생각하면 늘 떠오르는 드라마가 있어. 나이 일흔에 발레를 시작한 덕출과 스물셋 꿈 앞에서 방황하는 발레리노 채록의 성장을 보여주는 〈나빌레라〉라는 드라마야. 웹툰으로도 유명한데, 많은 이들에게 잊고 있던 자기 안의 꿈을 꺼내보게 만들어주었지. 56년 연기 인생에서 처음 발레에 도전한 박인환 배우의 흔들리는 눈빛, 무언가에 홀린 듯 허공을 가로지르는 그의 발레 동작은 내 가슴마저 두근거리게 했어. 내 인생에 저토록 간절한 꿈이 있었던가? 꿈을 이룬다는 것은 어떤 의미일까?

우리는 꿈을 이룬다는 것을 '된다become'의 의미로 생각하잖아. 나는 여기에 있고 꿈은 저쪽에 있어서, 내가 열심히 노력해서 꿈에 닿으면 '나는 꿈을 이루었다'라고 말할 수 있다고. 그렇게 우리는 미래의 꿈을 위해 지금 이 순간을 희생하곤 하지. 나는 조금 다르게 정의 내리고 싶어. 내 꿈이 분명하고 그 원함을 이루는 오늘을 살고 있다면, 오늘의 내 가슴이 두근거린다면, 지금 이 순간 나는 꿈을 이루는 삶을 살고 있는 것 아닐까? 애쓰고 노력해서 언젠가 되는 것이 아닌 매 순간 내 꿈으로 존재하는 형태 말이야.

덕출의 아내가 춤추는 걸 반대한다는 사실을 알게 된 채록이 덕출에게 이렇게 물어봐. "할머니가 끝까지 반대하면 어떻게 할 거예요?" 덕출은 이렇게 답해. "그럼 몰래 해야지. 내가 살아보니까 삶은 딱 한 번이더라. 두 번은 아니야. 내가 아홉 살 때 아버님이 반대했고, 지금은 가족들이 반대하는데, 솔직히 반대하는 건 별로 안 무서워. 내가 진짜 무서운 건, 하고 싶은데 못 하는 상황이 오거나 내가 하고 싶은 게 뭔지 기억도 안 나는 상황인 거지. 그래서 난 지금 이 순간이 소중해. 할 수 있을 때 망설이지 않으려고. 끝까지 한번 해보려고."

나는 이 장면에서 오래 서성였어. 몰래라도 하고 싶은 간절한 마음, 이번 생이 가기 전에 한 번은 날아오르고 싶은 한 존재의 뜨거운 열망이 펄럭거리며 내 가슴으로 날아드는 느낌이었어. 드라마는 알츠하이머에 걸린 덕출이 〈백조의 호수〉 무대에서 멋지게 날아오르며 끝나. 설령 덕출이 무대에 오르지 못했더라도 그는 자기 꿈을 이루는 매 순간을 살았으니 꿈을 이루었다고 말할 수 있지 않을까?

돌아보면 내 주의는 늘 바깥의 인정에 있었어. 누군가 인정해주길 바라는 못난 바람 탓에 마음속에만 품고 있던 꿈에 도전하지 못했지. 이제는 내 가슴이 두근거리는 일을 시작해보려고 해. 남들이 인정하는 무언가가 될 수도 있고, 그러지 못할 수도 있겠지. 그와 상관없이 나의 서성임을, 나만의 빛깔로 펼쳐보려고 해. 내 원함을 향한 작은 몸짓을 하는 지금, 오늘, 내 꿈은 매 순간 이루어지고 있으니까.

이 생에 너의 두근거림은 무엇이니? 매 순간 어떤 꿈을 이루며 살고 싶니?

PART 2

지금 이 순간 사랑할 것

나무에 기대어
한 해 살아가기

비 오는 날 빗소리를 들으며 공원에서 산책하는 걸 좋아합니다. 북적이던 공원이 텅 비어 마치 커다란 공원의 관리인이 된 느낌이지요. 나무들이 쉬는 공원을 조용히 거닐면 어느 순간 저도 나무인 것 같아요. 그런 고요한 느낌이 좋습니다.

그날도 비가 와서 공원에 산책을 갔습니다. 산책 가는 길 양옆으로 벚나무 스물네 그루가 심어져 있는데, 문득 그동안 수없이 지나쳤어도 한 번도 하나하나 세심히 바라봐 주지 못했다는 걸 깨달았습니다. 그날만큼은 천천히 걸으며 한 그루 한 그루 정성껏 바라보기로 했지요. 자세히 보니 벚나무는 가지를 늘어뜨리고 있는 생김새와 크기, 전체적인 색감이 하나같이 제각각입니다. 다 같이 '벚나무'로 통쳐 버린다면 못마땅한 표정을 지을 아름다운 친구가 여럿 보입니다. 크거나 작고, 아름답거나 추하고, 싱싱하거나 시들었다는 판단을 버리고 그저 나무라는 종이 지닌 본질에 대해 생각해보았습니다. 생명, 서 있기, 간격, 한 자리, 조화, 변화, 받아들임, 느림, 사랑. 이런 아름다운 단어들이 후드득 마음 속에서 쏟아져 나오는 사이 공원에 도착했습니다.

본격적인 산책길에 접어들자 나란히 서 있는 모과나무 가 연붉은색 꽃을 피운 모습이 눈에 들어왔습니다. 와! 얼 마나 반갑던지 탄성이 절로 나왔지요. 저는 1년에 나무 한 그루를 정해두고 그 친구에게 의지해서 한 해를 건너가고 있습니다. 올 초에도 공원에서 한 해를 함께할 나무를 물색 하다가 노란 열매를 보고 싶은 마음에 이 모과나무로 덜컥 정한 차였습니다. 그렇게 한 지는 몇 해 되었는데, "한 나무 를 두고 사계절을 바라보라"라는 법정 스님의 문구를 본 것 이 계기였지요.

한 해 동안 나무 한 그루를 데리고 산다는 것은, 생각 보다 귀한 경험입니다. 우선 마음으로 의지가 된달까요. 제 가 아무것도 아닌 것처럼 초라하게 느껴지는 날, 은근히 다 가가서 나무 주위를 서성이면서 말을 걸어보는 것이죠. 혼 자 산책이 심심하다고 느껴질 때는 친구랑 약속한 것처럼 만나러 가기도 하고요. 올해 2월부터 거의 매일 산책길에 이 친구를 보러 갔는데, 그때만 해도 나무 하나 덩그러니 있 을 뿐이었죠. 그런데 3월이 시작되니까 매일이 다른 겁니다. 새순이 손톱만큼씩 자라고, 비 온 뒤 가면 키가 한 뼘 훌쩍 자라기도 하고, 하루가 다르게 연두들이 선물처럼 가지에 솟아나는 겁니다. 그 신비로움이란 이루 말할 수 없었죠.

눈에 보이지 않지만 저 또한 나무처럼 자라고 있을 거라 생각했습니다. 매일 웃고 울고 상처받고 후회하고, 다시 마음잡고 열심히 살아보고, 그러다 또 좌절하는 일상이지만 그 사이사이에 제가 1밀리미터씩은 자라고 있다는 걸 나무를 통해 느꼈습니다. '나도 너처럼 자라고 있겠지?' 하고 물으면 나무는 '그러엄' 하고 빙그레 웃어주는 것 같았습니다.

좋아하는 사람이나 그리운 사람을 나무라고 생각하는 것도 좋은 방편이 됩니다. 나무를 보러 가면서 그 사람의 안부를 묻고 어디에서든 잘 지내길 빌어주는 거죠. 그 시간만큼은 그 사람이 거기 서 있고 내가 그를 만나러 간다고 생각하면 기분이 좋아집니다. 보고 싶은 사람이라고 해서 다 만나고 살 수 있는 인생은 아니니까, 이렇게 나무를 매개 삼아 사랑의 마음을 전하는 거지요. 사랑의 한 방식이라고 생각하면 나무 한 그루 데리고 한 해를 사는 일이 더욱 근사하게 느껴집니다.

예전에는 구석에 있어서 남들은 잘 찾아볼 수 없는 나무를 친구로 정하기도 했는데, 요즘은 그냥 길가에서 누구나 볼 수 있는 나무로 정하는 편입니다. 제가 마음 못 써주는 때에 오가는 사람들한테 사랑받으라고요. 많이 컸네, 이 꽃 예쁘다, 나무가 참 푸르르다. 저 대신 누군가 오가면서 그런 말을 해주면 나무가 덜 외로울 거 같아서요. 이 모과나무 친구에겐 이름이 있는데, 비밀입니다. 나무와 저만의 비밀이죠. 그런 비밀 친구가 하나 생기는 것도 좋지요.

어떤 이야기도 들어줄 나만의 나무가 있다는 것, 그 나무가 봄, 여름, 가을, 겨울, 계절의 순환에 자신을 내맡기며 변화해가는 모습을 바라본다는 것은 아름다운 일입니다. 나무 한 그루 가지고 무슨 호들갑이냐고 생각할지도 모르겠습니다. 하지만 살아가는 게 그렇지 않나요? 별것도 아닌 누군가의 한마디에 의미를 부여하고 상처받는 게 우리들 인생이지 않나요? 나무 하나 정해서 이름 붙여주고 예뻐하고 의미도 부여하면 뭐 어떤가요.

혹시 지금 나 홀로 외롭다고 느낀다면, 못난 내가 견딜 수 없다는 기분이 든다면, 지금이라도 당장 공원에 나가 나무 한 그루 친구 삼고, 그 나무에 기대어 한 해를 건너가보길 권합니다. 이름 붙여주고 자주 가서, 예쁘다, 기특하다, 잘했다, 칭찬해주면 그 친구가 지난해보다 몇 센티미터는 더 클지도 모를 일이지요. 사랑받아서 무성해진 나무만큼 우리의 마음속 사랑도 무럭무럭 자라는 한 해가 되지 않을까요. 그렇게 우리 한 해 한 해 건너가보는 겁니다. 천천히, 여유롭게, 각자의 걸음으로요.

너도 그때 무서웠지?

북클럽에서 김혜자 배우의 《생에 감사해》를 읽으며 '용서'를 주제로 이야기 나눈 적이 있습니다. 이제껏 살아오면서 아직 용서하지 못한 사람이 있는지, 지금이라도 용서하고 싶은 사람이 있는지 물었는데, 다들 용서할 사람은 없고, 용서받아야 할 사람은 많다고 말했습니다. 용서를 구하는 마음, 후회하고 미안해하는 마음, 그 마음이 사랑이 아닐까, 라는 생각에 뭉클했습니다.

생각해보면 '용서'라는 단어 자체가 크고 모호합니다. 내가 뭐라고 용서를 하나 싶은 생각이 들지요. 제게도 용서할 사람은 없는데 안아주고 싶은 사람은 많이 있습니다. 그때 많이 미안했다고, 나로 인해 마음 다친 소중한 사람들을 따스하게 안아주고 싶습니다. 무엇보다 저는 저 자신을 안아주고 싶습니다. 따스하게 안아주는 것을 '작은 용서'라고 이름 붙이고, 그동안 용서하지 못했던 저를 토닥여주고 싶습니다.

지난 시간을 돌아보면 가슴 아린 장면들이 있습니다. 제가 원해서 했던 행동은 아니었지요. 살면서 충분히 사랑받지 못했던 아픈 마음이 무의식적으로 작동되었습니다. 오랜 두려움이 뛰쳐나가서 상대에게 상처를 주고 아프게 했습니다. 그랬구나. 내가 두려워서 그랬구나……. 다시 한 번 그 자리에 서봅니다. 인생의 어느 시절, 제대로 관계 맺지 못했던 오래된 장면 속으로 들어가 과거의 나와 다시 관계 맺는 시간을 가져봅니다. 그때의 마음을 지금 여기에서 천천히 어루만져봅니다.

그때의 나의 말과 생각과 행동을 용서하겠습니다.

사랑받지 못할까 봐 두려워서 그랬습니다.

인정받지 못할까 봐 두려워서 그랬습니다.

버려질까 봐 두려워서 그랬습니다.

스스로 용서하지 못했던 긴 시간 동안, 제 안에 숨어 있던 작은 나는 얼마나 외롭고 슬펐을까요. 이제 그 작은 사람을 따스하게 안아줍니다. 두 손으로 꼭 안아줍니다. 스스로를 용서할 때, 비로소 타인을 품을 용기가 생깁니다. 두렵고 떨리지만 용기를 내서 이렇게 속삭여봅니다.

"너도 그때 많이 무서웠지? 너도 그때 나처럼 사랑받지 못할까 봐, 인정받지 못할까 봐, 버려질까 봐 두려웠지?"

충분히 사랑받았다면, 충분히 인정받았다면 너는 다르

게 행동했겠구나⋯⋯. 원망하는 마음 내려놓으며 안아줍니다. 아슬아슬하고 슬프게 서 있는 세상 모든 존재들을 안아줍니다. 진심으로 고맙고, 미안하다고 말해봅니다. 그렇게 나는 당신을 그리고 나 자신을 용서합니다. 한 걸음 더 사랑에 가까워집니다.

사랑이 되기 위한
연습문제

당신에게 상처 주는 말을 쏟아냅니다. 내 마음이 그러는 게 아닙니다. 내 입이 자기 멋대로 그러는 겁니다. 사실은 당신이 떠날까 봐 두려웠던 거지요. 마음을 깊이 숨기느라 말이 허둥지둥 먼저 나온 겁니다.

세월이 흘러, 장소와 상황과 사람과 사건이 바뀝니다. 묘하게 닮아 있는 장면과 마주합니다. 그에게 상처 주는 말을 하려다 멈춥니다. 이번에는 내 마음이 앞장서서 먼저 나가려는 말의 고삐를 잡습니다. 같은 장면이 두려움에서 사랑으로 바뀝니다. 아, 내가 그랬구나, 인정하면서. 아, 당신 마음은 그랬겠구나, 안쓰럽게 바라보면서. 두려움이 사랑으로 바뀐 후, 반복되던 장면은 멈춥니다.

인생에서 만나는 모든 장면은 사랑이 되기 위한 연습문제가 아닐까요? 살아간다는 건, 끝없이 마주하는 두려움을 용기 내어 사랑으로 마주하는 것. 돌아서며 '아, 왜 그랬을까' 하고 후회해도 괜찮습니다. 다음번 장면이 또 올 테니까요. 사랑은 무한대로 기회를 주니까요. 다음번에는 마음에게 먼저 자리를 내어주면 되지요.

저녁 밥상에
사랑을 차렸다

저는 요리에 서툰 편입니다. 평소 안 하는 버릇이 들다 보니 점점 자신이 없어지고, 사 먹을 수 있는 시스템에 잘 탑승하며 사는 것도 나쁘지 않다고 생각했습니다. 물론 가끔 손님을 초대할 때는 시간을 들여 요리를 했지요. 맛이 좋다고 칭찬받을 때면 뿌듯하긴 했지만 품이 너무 많이 든다는 생각은 버릴 수 없었습니다. 식사 시간은 고작 15분 정도인데 재료 사고 레시피 보면서 요리하고 설거지까지 해야 하니 비효율적으로 보이긴 합니다. 그러다 보니 요리 자체를 즐기지 못했습니다. 내가 나 자신에게 그런 시간과 정성을 들이는 것이 익숙지 않았지요. 그 시간에 책을 읽는 게 낫지, 은연중에 요리는 생산성이 떨어진다고 생각했습니다. 눈에 보이는 성과에 익숙한 삶이었으니 책 읽기와 요리하기가 선뜻 교환되지 않았지요.

그러다 보니 혼자 있을 때는 대강 먹을 때가 많았습니

다. '아무렴 어때. 몸속에 들어가면 다 똑같을 텐데' 하며 안이하게 생각했습니다. 이제 바깥 음식은 싫다고 몸이 반항하기 시작한 지는 꽤 되었지요. 엄마가 해준 것 같은 음식을 넣어달라고 아우성치는 세포들을 달래며 몸이 많이 아팠던 어느 날, 저는 스스로를 위해 요리를 하기 시작했습니다.

씻고 썰고 다듬고 데치고 볶고……. 천천히 저의 움직임 하나하나에 집중합니다. 재료를 씻을 때는 재료를 만지는 감촉에 집중하고, 재료에서 풍기는 향기를 맡아봅니다. 채소나 고기를 썰거나 다질 때는 썰리는 소리에 집중합니다. 도마 위에서 썰리는 장면에 집중하면서 지금 여기 내가 하고 있는 일에 온전히 몰입합니다. 재료를 볶거나 저을 때, 반복적인 동작 하나하나에 집중합니다. 중요한 것은 서두르지 않는 태도입니다. 요리를 할 때는 오직 요리만이 지금 내가 할 일의 전부일 뿐, 다른 어떤 것보다 지금 음식을 만드는 일이 나에게 가장 중요하다고 스스로에게 최면을 겁니다. 어제 왜 그랬는지, 내일 어떻게 해야 할지 생각할 겨를이 없는 지금 이 순간으로의 몰입. 그토록 찾던 내 생각으로부터의 자유가 요리에 있었습니다.

제가 읽은 책 속의 수많은 현인들은 대체로 두 가지를 이야기합니다. 지금 이 순간을 살아라. 자기 자신을 사랑하라. 저는 요리를 통해 지금 이 순간에 전념하는 현존의 감각을 느낍니다. 말만이 아닌 행위로써 나 자신을 사랑하는 법을 배우지요. 내 몸을 사랑하기 위한 적극적인 행위. 내가 나에게 관심을 기울이고 시간을 들이는 행위. 사랑은 생각이 아닌 행동이며, 관념이 아닌 행위라는 사실을 요리를 통해 배웁니다. 요리는 지금 여기에 머무르는 마음 챙김을 하기에 가장 좋은 도구였습니다.

저는 여전히 요리에 서툴지만 이제 요리하는 시간이 '사랑'이라는 것을 압니다. 무거운 몸을 이끌고 새벽부터 일어나 주방을 여는 세상의 수많은 사람들이 품은 사랑 덕분에 이 세상이 굴러가고 있고, 이제는 내가 나에게 그 사랑을 줘야 한다는 것을 압니다. 힘들고 아픈 날에도 장을 보고 밥을 하고 상을 차리며, 기대어 울고 싶은 나에게 스스로 따스한 국물을 먹여주는 엄마가 되어야 한다는 것을 압니다. 자라면서 넉넉하게 받지 못했던 사랑을 나 스스로 저녁 밥상에 차려주는 것이 어른이라는 것을 압니다. 신선하고 좋은 재료를 살펴보고 그중에 내가 좋아하는 식재료를 선별하고 다듬고 요리하는 모든 과정이, 내가 나에게 줄 수 있는 가장 기본적인 사랑의 행위라는 것을 압니다. 책 속에 지식이 있다면, 도마 위에는 사랑이 꽃피고 있었습니다.

언젠가 저는, 내가 나에게 요리를 해주기 시작하면서 제 삶이 바뀌었다고 말할지 모릅니다. 스스로를 진심으로 사랑하게 되었다는 의미이겠지요. 이제야 비로소 나와 잘 지낼 수 있을 것 같은 느낌. 이 느낌이 참 좋습니다.

사랑받고 싶다는
속삭임

———————

　서운하다는 마음이 들면 서글펐습니다. 내 마음 같지가 않네……. 상대를 탓하는 마음에 힘들 때도 있었습니다. 무엇보다 저는 서운해하는 제가 못마땅했습니다. 이런 제가 어리석고 철없이 느껴졌습니다. '좀 어른스럽게, 쿨할 수는 없는 거니?' '서운함'이란 내 바람대로 해주지 않은 상대에 대한 감정이 아니라 혼자 기대하고 실망하는, 못난 저 자신을 미워하는 감정이었습니다.

　서운하다는 건, 사랑받고 싶다는 내 안의 작은 속삭임이 아닐까요. 실망한다는 건, 사랑받고 싶다는 간절한 외침이 아닐까요. 절망한다는 건, 사랑받고 싶다는 깊은 절규가 아닐까요. 결국 다 사랑이 문제고, 결국 다 사랑에 답이 있지 않을까 생각해봅니다.

　서운한 마음이 들 때면, '아, 내가 사랑받고 싶구나' 하며 작고 여린 나를 따듯하게 안아주기로 합니다. '내가 서운

했구나. 서운할 수 있지. 서운해도 괜찮아' 하고 내 마음을 토닥여주기로 합니다. '사랑을 주고받고 싶구나, 더 깊이 연결되어 흐르고 싶구나, 그런 사랑이 내 안에 있구나' 하며 사랑이 많은 나를 기특해하기로 합니다.

누군가로 인해 서운하고 누군가를 서운하게 만들며 살아가는 인생사. 우리 모두 사랑받고 싶어 하는 존재라고 생각하면 세상 모든 인연이 애틋하게 다가옵니다. 서운한 마음을 알아차리며, 서운한 마음을 있는 그대로 잘 느끼며, 스르르 흘러가는 마음을 풍경처럼 바라봅니다. 마음이라는 굴곡 깊은 계곡 안을 조용히 들여다보니 어린 시절 처음 본 맑고 깨끗한 시냇물이 사랑으로 흐르고 있습니다. 서운함에서 사랑 쪽으로 흘러갑니다.

지금 여기,
사랑
———————

　　마음공부하는 인연으로 알게 된 이와 마주
보고 앉았습니다. 서로의 가슴과 감정을 나누는 시간이었
습니다. 몇 마디 나누다가 어느 순간, 그와 나 둘 다 아무 말
이 없어졌습니다. 두 번째 만남이었지만, 서로에 대한 어떠
한 정보도 없었습니다. 사십 대 초반의 평범한 직장인으로
보이는 그와 고요한 침묵의 대치 상태에서 서로를 묵연히
바라보았습니다. 누군가의 눈을 이렇게 오래도록 바라본 적
이 있었을까요. 무어에 그리 바쁘다고 한 존재를 가만히 바
라볼 시간이 없었던가요. 기껏해야 10초, 20초 정도면 되는
것인데요.

　　진지한 마음으로 바라보자니 주변은 배경으로 물러나
고 이 세상에 오롯이 상대만 존재하는 듯 고요해졌습니다.
점점 더 선명하게 보고 듣고 느낄 수 있었지요. 그의 눈빛에
서 언뜻 슬픔이 비쳤습니다. 가만히 그를 향해 고개를 끄덕

이고 있음이 느껴졌지요. 내 눈이 고개를 끄덕이고 있구나. 내 몸이 아니라 내 눈이 그러고 있구나……. 생경하지만 따스한 느낌이었습니다.

저를 응시하던 그의 눈빛이 은은하게 흔들렸습니다. 그런 그를 조용히 바라보다 소리 내어 말했습니다.

"좀……. 슬퍼 보여요."

놀란 듯한 표정이 된 그의 눈에 천천히 눈물이 고였습니다. 한 사람의 눈에 눈물이 가득 고이는 시간은 과연 몇 초일까요. 1초, 2초, 3초……. 영원 같은 시간이었습니다. 시간이 슬로모션처럼 흐르듯 밀밀하게 만져졌습니다. 그 찰나, 그의 가슴에서 슬픔의 파도가 넘실대는 것 같았지요. 그렇게 몇 초가 더 흐르고, 떨리는 목소리로 그가 고맙다고 말했습니다. 무엇이 고마운지는 묻지 않았습니다. 제 가슴이 이미 아는 것 같았지요. 말로 듣지 않는 편이 더 좋아 보였습니다. 가슴이 느꼈다면, 말은 필요치 않습니다. 말은 가슴으로 느끼지 못하는 자들이 어쩔 수 없이 쓰는 서글픈 도구일 뿐, 지금 내 가슴에서 느껴지는 이것이 지금 나에게 온 선물이니 온 감각을 동원해 느낄 따름입니다.

그날은 오후 내내 가슴에 작은 울림이 이어졌습니다. 며칠이 지나고도 가끔 그 침묵의 대화가 떠올랐습니다. 고요함 속에 피어오른 한 송이 꽃 같았던 시간. 내 안의 슬픔 덕분에 그의 슬픔이 쉬이 보였구나 알아차립니다. 그러니 내 안의 슬픔은 참으로 귀한 존재로구나 곱씹으며 내 안의 슬픔을 도닥여줍니다. 말을 많이 한 것 같은 하루의 끄트머리. 아무 말 없이 한 존재를 바라보았던 그 귀한 눈빛과 표정, 몸짓. 인간이 가장 아름다울 수 있는 순간에 대하여 사색해보는 밤입니다. 겨우 몇 초간 바라보기만 했는데, 서로의 가슴에 차올랐던 그 감동을 다시 느껴봅니다. 그리고 그 가슴에 이렇게 이름 붙여봅니다.

지금 여기
사랑

지금 여기에서 사랑을 느낄 수 있는 가슴이 있다면, 세상은 이대로 충분히 아름답습니다.

대파에 감동받는 사람

동네 단골 밥집에 오랜만에 들렀습니다. 대학원 수업을 듣던 몇 년 전, 일주일에 두세 번 들르다 이제는 이모네 집 같은 곳이 되었지요. 식당 안으로 들어서니 이모님 눈이 반짝입니다.

"아니, 요즘 안 보이던데 무슨 일이 있나 했어."

"아, 요즘 바빴어요. 잘 지내셨지요?"

평소 늦은 저녁에 가게 안으로 들어서면 이제 오느냐고 한마디 하시고는 서둘러 한 상 차려주던 이모님은 주문도 안 받고 청국장인 줄 아십니다. 커다랗고 동그란 쟁반에 담긴 밑반찬 여덟 가지와 작은 생선 한 토막과 청국장. 말 그대로 집밥인데, 그걸 제 앞에 놓아주실 때면 뭔가 대접받는 느낌이 듭니다. 이모님 밥상이 좋은 이유이지요. 온종일 밖에서 고생 많았지, 하며 쓰다듬어주는 엄마의 손길 같은 느낌이랄까요. 오늘은 생선 옆에 달걀 프라이까지 넣어주셨네요. 생선이 다 떨어졌을 때면, 양해를 구하고 대신 넣어주는 귀한 프라이! 아니지요, 아니지요. 오늘은 프라이가 아니고 대파 송송 썰어 넣은 달걀 부침개라고 부르는 게 이 요리에 대한 예의겠다 싶네요. 프라이만도 감동인데, 대파까지 넣었다는 것. 이것은 사랑이 아니고 무엇이겠습니까. 안부가 궁금했던 만큼 반가움도 컸을 그 마음이 초록 앞치마를 두른 연노랑 접시꽃 속에 별처럼 박혀 있습니다.

"와, 오늘은 달걀까지 주시고…… 감사해요. 한 상 가득 차려 받은 느낌이에요" 하고 감사 인사를 드렸더니 평소 말수가 적은 이모님이 눈을 찡긋하며 웃으시고는 갑자기 수다쟁이가 됩니다. "그렇게 사람 앞에 한 상 가득 동그마 하게 놓아줄 때 그렇게 기분이 좋대. 막 뿌듯하고. 밥 차려주는 게 내 일인데 한 상 차려주며 사니 내 잘 사는 거 아이가."

아, 그동안 나는 이모님의 풍성한 마음을 먹었구나. 그래서 마음이 허할 때면 이곳으로 발길이 닿았구나. 기분 좋게 내어주신 귀한 마음에 가슴이 뭉클해집니다. 이모님 딸이 곧 아이를 낳는다는 소식과, 단골로 자주 오시는 할매가 오늘내일한다는 이야기를 전해 들으며, 인생이란 안부 인사 하며 살아가는 일이 아닐까 생각해봅니다. 지금 이 순간에도 세상 어딘가에서 누군가는 몸을 받고 누군가는 몸을 떠나고 있겠지요. 그 탄생과 죽음 사이를 서성이며 우리가 해야 할 것은 서로의 안부를 묻는 일이 아닐까요. 엄마, 허리 아픈 건 좀 어때? 다음 달 아기 태어난다고 했지? 동생 결혼한다며? 여행 잘 다녀왔어? 그쪽은 태풍 피해 없었어? 퇴원하고 어떤가 싶어서 연락했어. 너 부장한테 깨지고 마음 상해 있을까 봐 전화했지. 이렇게 서로 소소한 안부를 묻고, 은근히 마음 전하며 사는 것이겠지요. 날씨가 변화무쌍하여 안부 전하기 좋은 대한민국이라 다행입니다.

'거기는 태풍에 괜찮았어?' 하고 마음을 품은 누군가에게 살포시 안부 문자를 전송합니다. '여긴 괜찮았어'로 끝나버리는 답장은 아니기를, '너는 괜찮았어? 어떻게 지내?' 하고 이어지기를, 태풍을 앞세워 전한 내 마음 정도는 살짝 눈치채주기를 바라면서요. 예쁜 사랑의 장면을 그려보니 마음이 따뜻해집니다.

안부 전하며 사는 인생, 마음 전하며 사는 인생. 사랑한다, 말하기 부끄러워서 안부 전하며 삽니다.

앞문만 열린 사람

"내가 쓸데없이 생각이 많지?"

쓸쓸하게 자조하는 제 투정 끝에 다정한 위로의 말이 따라옵니다.

"쓸데없는 건 섬세한 거랑 한 종류야. 너의 섬세함이 난 참 따뜻해."

참았던 눈물이 주르륵 흘렀습니다. 그는 참말로 다정한 사람입니다. 오랜만에 만난 사람들의 안부를 챙기는 사람. 나조차 까맣게 잊고 있었던, 지나치듯 말했던 지난 고민을 기억하며 요즘은 괜찮냐고 물어봐주는 사람. 따뜻함의 빛깔이 진하고 깊은 사람입니다.

그 따뜻한 이가, 좀처럼 자기 이야기는 내어주지 않습니다. 늘 주위를 살피는 조심스러운 행색과 어딘지 모르게 애쓰는 모습이 안쓰럽습니다. 다른 한쪽 문도 열어보라고, 슬쩍 안부를 물어도 자신은 괜찮다고 말합니다. 정말 괜찮은 사람은 괜찮다고 말하지 않지요. 마음의 문을 열고 자신의 이야기를 들려주지요. 그 사람을 보면 앞문만 열어둔 사람 같다는 생각이 듭니다. 어르신들은 집을 고를 때 앞뒤로 맞바람 치는 통풍이 중요하다고 말씀하시지요. 그래야 집에 바람이 오가며 생기가 돈다고요. 순환이 되지 않으면 어느 순간 그 집은 빛을 잃는다고요. 사람의 마음도 그러하지 않을까 생각해봅니다.

우리가 사는 세계는 끊임없는 순환으로 이루어져 있습니다. 동전의 양면처럼 음과 양, 빛과 어둠 등이 한 몸으로 드러나며 무한대로 생성과 소멸을 반복합니다. 소우주라고 불리는 우리의 몸 역시 완벽한 순환구조로 이루어져 있습니다. 살아 있음의 대표 증거인 '숨쉬기'만 보아도 그렇습니다. 숨을 내쉬고 들이마시면서 비워지고 채워지죠. 자연의 이치가 이럴진대, 사람의 마음이 다를 리 없지요. 사람의 마음에 차곡차곡 쌓여 있는 생각과 감정 역시 적당한 시기에 배출되어야 합니다. 우리 몸의 노폐물이 매일 대소변과 땀을 통해 비워지듯이 말이지요. 비워짐이 늦어지는 만큼 마음 안에 고여 있는 것들은 그의 삶을 어지럽게 할 것입니다. 그 모습이 안타까워서 제 마음이 조급했지요. 그에게서 제 모습을 보았기에 안쓰러웠지요. 그도 지난날의 저처럼 다정하지 못한 사람과 상황 속에서 상처 입었던 것은 아닌지, 속으로 혼자 울고 있는 것은 아닌지 자꾸만 눈길이 갔습니다.

어떤 이야기든 해보라고, 서둘러 달려나가는 제 마음의 고삐를 잡습니다. 더 빨리 준다고, 더 많이 준다고 사랑은 아니지요. 그 사람이 필요한 때, 그 사람이 들려줄 때, 손을 내밀고 귀를 내어주면 되는 것이지요. 오래도록 곁에 뭉근하게 있어주면 되는 것이지요. 마음을 터놓아도 좋은 안심되는 존재가 제가 아니어도 좋습니다. 웅크리고 있던 그의 마음이 '살 만한 세상이구나, 따뜻한 사람이 많구나, 나를 드러낸다고 또 상처받지는 않겠구나'라고 느낄 수 있도록 제 안의 빛을 비추며 그저 있어주는 것. 그것이 지금의 그를 사랑하는 방법일 겁니다.

앞뒤 문이 활짝 열린 사람으로 살고 싶습니다. 어떤 이야기든 분별하지 않고 잘 들어주는 건강한 귀를 지닌 사람. 기쁜 일이 있을 때 빠짐없이 기쁘다 말하고, 슬플 때 막힘없이 슬픔을 쏟아내는 사람. 그러고는 비워진 채로 또 가득 채우러 세상으로 나아가는 사람. 모두에게 앞뒤 문을 활짝 열 수 없다면, 단 한 사람, 당신에게는 그런 나이고 싶습니다.

거절당하며 살고 있구나

내 마음이 뭔지 몰라서 '무거움'으로 퉁치고 배회하는 그런 날이 있잖아. 다른 사람 이야기는 가만히 들어보면 어느 지점에서 어떤 생각 때문에 어떤 감정으로 이어졌는지 핀셋으로 집어내듯 잘 보이는데, 정작 내 마음은 흐릿하게 안 보이는 그런 날. 알 수 없는 무거움에 눌려 서성이다가 가까운 지인에게 전화를 했어.

"마음이 무거워서 전화했어."

"잘했어. 무슨 일 있었어? 편하게 얘기해봐."

조용히 내 이야기를 듣던 그녀가 이렇게 말했어.

"속상했겠다. 당황스럽고 무안했을 것 같은데? 지금 마음은 어때?"

그 말을 듣는 순간, 나도 모르게 눈물이 주르륵 흘렀어. 아, 내가 그때 많이 속상했구나…… 그 순간 당황하고 무안했구나…… 그제야 내 진짜 감정을 만난 느낌이랄까.

무거움으로 뭉쳐버린 감정들은 내 마음에서 정처 없이 배회하다가 바람 부는 날 불쑥 등장해서 나를 몹시 흔들어버리곤 하지.

"고마워."

"고맙긴, 원래 본인 감정은 잘 안 보이잖아. 내 감정은 네가 더 잘 들여다봐주잖아."

"그런가. 마음이 답답하고 무거울 땐 내가 왜 이런지 알아차리기가 힘들더라고. 그래도 네가 내 감정에 하나하나 이름 붙여주니까, '아, 내가 그랬구나' 하고 알게 되어서 좋았어. 가슴에 뭉쳐 있던 무언가가 스르륵 녹아 흘러가는 느낌이야."

"그랬구나. 요즈음 네가 힘들겠다는 생각이 들곤 했어. 직장 다닐 때랑 다르게 독립하고 나니 안전한 울타리가 사라진 느낌이지? 아무리 작은 사업이라도 혼자 꾸려간다는 게 부담이 많을 거란 생각이 들어."

"아무래도 그렇지. 큰소리 땅땅 치고 퇴사해서 혼자 해본다고 하는데 세상이 참 녹록지 않네. 내 마음 같지 않아. 밖은 정글이라는 말도 떠오르고. 시간이 지나도 익숙해지지 않는 건, 거절당하는 느낌이야……."

"아, 계속 거절이 이어져서 힘들구나……. 그래도 그게 네 존재가 거절되는 거라고 생각하지는 마. 기운 내……. 우리 모두 조금씩 거절당하며 살고 있잖아."

힘들겠다는 공감보다 나는 마지막 말이 위로가 되었어. 그녀의 고단한 삶이 담긴 단단한 말이어서 그랬을까. 그러니까 그런 느낌 말이야. 나만 힘든 게 아니라 모두가 각자의 삶의 무게를 지닌 채 살아가고 있구나 하고 왠지 안도하게 되는 마음.

가까운 관계에서, 하고 있는 일에서, 세상에서, 우리 모두 조금씩 거절당하며 살고 있잖아. 거절은 늘 미세한 슬픔을 데려오는데 가끔은 그런 슬픔이 온 줄도 모르고 사는 것 같아. 크고 작은 기쁨과 슬픔이 모인 것이 인생이라면 그 사이사이에 우리는 거절당하는 상태를 경험하며 앞으로 나아가고 있는 것일까. 문득 어른이 된다는 건 내가 상처를 받기도 했지만 상처를 주기도 했음을 깨닫는 것이라는 말이 떠올라. 내가 거절한 것도 기억하면서 살아야 어른이라는 의미인 걸까. 그동안 살면서 많이 거절하고 상처를 주었겠지. 의도하든 의도하지 않았든 말이야. 지금의 나는 내가 했던 거절에 대한 반성보다 받아들임에 대해 생각하려고 해. 사람에게, 세상에, 끝없이 받아들여지고 있다고 생각할래. 나를 있는 그대로 따스하게 허용해주는 시간과 공간, 사람들을 더 많이 생각할래. 그렇게 일단의 나는 사랑 쪽으로 기대는 것을 선택할래.

세상이 온통 나를 거절하는 것 같은 그런 날은, 따뜻한 국물이 있는 음식을 먹어야지. 그리고 전화를 해야지. 목

소리가 따뜻한 사람에게. '여보세요' 말고 다정하게 '어……'
하는 사람에게. 밤에는 메일도 써야지. 힘든 날이었다고 일
러바치는 유치한 편지라도 흉보지 않는 사람에게. 그러면
연결되는 느낌이 들겠지. 혼자가 아닌, 이 세상에 받아들여
지는 느낌 말이야. 사랑받고 있구나 안도하면서 나는 오늘
잠들려고 해.

여기 너를 사랑하는
사람이 있어

미용실에서 머리를 하다가 스르륵 잠이 들었습니다. 미용사 언니는 주술사인 것만 같습니다. 머리카락을 한 가닥 한 가닥 만져줄 때마다 '잠들어라, 잠들어라' 주문을 외우나봐요. 제가 잠이 들면 머리털을 몽땅 뽑아버릴지 모른다는 어이없는 상상을 하면서도 자꾸만 졸음이 쏟아졌습니다.

잠이 깨고 나서 물어보았습니다. "머리만 하면 왜 자꾸 잠이 오는 걸까요?" 미용사 언니는 비밀을 알려줄 수 있을 것 같았거든요. 이내 그녀는 미용사들 사이에 여러 가지 설이 있는데 그중 본인에게 가장 마음이 가는 설이라며 이런 이야기를 들려주었지요.

어린 시절, 우리가 기억도 못 하는 작은 사람이었을 때, 사람이라고 하기도 무엇할 정도로 그 어떤 것도 해낼 수 없는 '작은'이었을 때, 우리를 따스하게 재우던 손길이 있었답니다. 그 손길이 우리 머리를 쓰다듬어주었지요. 울다가도 까무룩 잠이 들던 기억, 무릎을 베고 누웠을 때의 어렴풋한 촉감, 여기 너를 사랑하는 사람이 있으니 안심해도 된다고 말해주는 듯한 따스한 손길. 아마도 무의식중에 그 손길을 기억하며 우리는 누군가 머리를 쓰다듬어줄 때 무방비로 잠에 빠져드는 것이라고요.

선명한 기억이 없다 해도 내 몸의 감각은 사랑받은 최초의 감각을 기억하는 걸까요. 누군가 내 머리를 쓰다듬어주는 순간, 그 세포가 오랜 방황을 멈추고 안도하는 것일까요. 그러기 위해 내 손이 잘 닿지 않는 곳에 머리카락이 자라고 있는지도 모를 일이죠. 혼자서 할 수 없고, 누군가의 손길이 닿아야 완성되는 사랑의 운명처럼요.

어쩌면 사랑하는 이의 머리를 만져주는 행위는, 가장 사랑을 닮았다 하겠습니다. 그가 화려하게 꾸민 가면을 벗고 무방비상태가 되어 사랑하는 당신 앞에 가만 앉습니다. 머리를 맡긴다는 것은, 당신의 사랑을 받겠다는 다짐. 당신이 머리칼 한 올 한 올 쓰다듬으며 그의 머리를 말려줄 때, 그는 마음에 없는 불평을 늘어놓습니다. "아, 뜨거워. 머리 다 타겠다." 그런 투정이 "사랑받아서 너무 좋아"로 들릴 때, 당신 역시 충분히 사랑하고 있음을 깨닫겠지요.

안심하고 머리를 맡길 수 있는 사람이 있는지 생각해봅니다. 살아오면서 나는 얼마나 내 주위 사람들을 쓰다듬어주었는가 떠올려봅니다. 의심 없이 내 앞에 주저앉아 자기 머리를 맡길 사람 몇이나 있나 헤아려봅니다. 자꾸만 마음이 가는, 쓰다듬어주고 싶은 마음을 떠올려봅니다.

우리가 지금 할 일은 누군가를 쓰다듬는 것이고, 타인이 쓰다듬어주었을 때 느낀 감각을 다시 살리는 것입니다. 사랑으로 다시 시작해야겠습니다. 존재하는 것만으로 충만했던 따듯한 날들을 감각하며, 서로 쓰다듬으며, 함께 이 생을 건너갔으면 합니다. 사랑하는 사람들의 따스한 손을 양손 가득 붙잡고 남은 생을 걸어가고 싶습니다.

말 너머의
말

라디오 작가를 꿈꾸던 학창 시절, 심야 라디오를 청취하며 사람들의 목소리를 느끼는 것을 좋아했습니다. 귀 기울여 듣다 보면 목소리 톤과 빠르기에 따라 그 사람의 감정 상태가 추측되기도 합니다. 목소리마다 감정의 결이 다르지요. 한껏 따뜻했다가 활짝 웃다가, 때로 훌쩍이고 서늘해지고 고독해지고 낮아지는 DJ들의 목소리. 독서실 구석 자리는 매일 밤 감정의 바다를 항해하는 일등석이었지요. 만일 저에게 경청의 자세가 있다면 라디오의 덕이 큽니다. 라디오는 제 귀를 섬세하고 따스하게 성장시켰습니다. 때로는 귀가 다섯 개쯤 되면 좋겠다는 생각을 합니다. 눈보다는 아무래도 귀가 더 사람을 사랑하기에 좋으니까요. 입보다는 말할 것도 없고요.

김연수 작가의 소설 《달로 간 코미디언》에는 방송국 라디오 피디의 이야기가 나옵니다. 그녀는 사람들의 목소리

중에서 '목소리가 아닌' 소리를 지우는 편집 작업을 하며 이상하게 외로워진다고 말합니다. "어쩌면 '우리 인생의 이야기'란 목소리와 목소리 사이, 기침이나 한숨 소리, 혹은 침 삼키는 소리 같은 데 담겨 있는 것인지도 몰랐다"라는 문장이 오래 기억에 남았습니다. 목소리가 아닌 공백 속에 말하는 이의 전해지지 않은 진짜 감정이 담겨 있다고 생각했던 걸까요.

어르신들을 상대로 이야기 치료를 하는 선생님이 들려준 말도 그와 비슷했습니다. 어르신들은 대개 아무도 당신의 이야기를 원 없이 들어주지 않아서 마음에 병이 생긴 경우가 많은데, 치료를 시작하고 막상 자기 이야기를 할 때가 되어도 대부분 한참을 침묵한다고 합니다. 그럴 때 채근하지 않고 가만히 기다려주는 것, 그 앞에 가만히 있어주는 것이 상담자인 자신의 역할이었다지요. 누군가의 이야기를 듣는다는 건 침묵까지 들어준다는 의미라는 선생님의 말씀이 오래 기억에 남았습니다. 침묵과 머뭇거림도 '말'입니다. 중요한 말이지요. 마땅히 존중받고 사랑받아야 할 말이지요.

최근에는 첫 상담에서 "요즘 뭘 하면 행복해요?"라는 저의 질문에 머뭇거리다가 눈물을 쏟아내는 친구를 보며 마음이 짠했습니다. 울고 싶을 만큼 울 때까지 그 앞에 가만히 있어주었습니다. 그 친구의 눈물은 그냥 눈물이 아니라 그가 그동안 하고 싶었던 수많은 말이었을 겁니다. '눈물'이라는 그의 말 덕분에 우리는 서로에 대한 경계를 풀고 안전한 사이가 되었습니다. 이제 긴장 내려놓고 해파리처럼 흐물거리며 그의 마음속 바다를 함께 거닐면 됩니다. 이제부터 할 이야기가 진짜 이야기인 것이지요.

얼마 전 드라마 〈미스터 선샤인〉을 정주행했는데 감탄하며 돌려봤던 장면이 있습니다. 당연히 양반인 줄 알았던 유진 초이가 백정 출신임을 알게 되었을 때, 양반댁 규수인 고애신은 당황합니다. 고애신의 표정을 보고 유진 초이는 헤어짐을 예감하지요. 후에 고애신은 유진 초이에게 이런 말을 건네며 사과합니다. "미안했소. 귀하의 긴 이야기 끝에 내 표정이 어땠을지 짐작이 가오. 귀하에겐 상처가 됐을 것이오. 미안했소." 저는 이 장면에서 극본을 쓴 김은숙 작가의 섬세함에 감동했습니다. 우리는 누군가에게 사과할 때, 내가 한 말에 대해 미안하다고 말하곤 하지요. 겉으로 나타나는 것이 '말'이다 보니 말로 하는 사과는 마땅하다고 볼수 있습니다. 하지만 우리는 때로 말보다 무표정하고 일그러진 상대의 차가운 표정에 더 깊이 상처받기도 하지요. '말'은 2차 가공이 가능합니다. 에두를 수 있고, 가식을 덧씌울 수 있지요. 반면 순간의 표정에는 있는 그대로의 감정이 드러납니다. 진짜 날것의 진심이 전달되어 더 아프기도, 더 기쁘기도 하지요.

표정이란 참 신기합니다. 나의 희로애락을 그대로 반영

하는데 정작 나는 볼 수가 없지요. 환하게 웃는 내 표정도 상대의 것이고, 경멸하듯 쏘아보는 표정도 상대의 것이고, 차갑고 슬픈 표정도 상대의 것입니다.

내 앞에 있는 사람의 이야기에 귀 기울일 때, 그가 말하지 않지만 말하고 있는 비언어적 신호를 더 느꼈으면 합니다. 그것은 목소리의 떨림일 수 있고 눈물일 수 있습니다. 눈빛과 침묵일 수 있고 다양한 표정일 수 있겠지요. 내가 해야 할 일은 사랑하는 이의 말 너머를 느끼는 것, 몸과 마음을 활짝 열고 그의 존재를 온 감각을 동원해서 환대해주는 것이 아닐까 생각해봅니다.

사랑이 있는 곳으로

　　오랜만에 부모님 댁에 들렀습니다. 사심 있는 방문이었지요. 오랜 몸살감기로 몸이 허해지고, 사람들에게 치여 생채기가 나고, 계획했던 일을 계속 미루게 되면서 몸과 마음이 무거웠습니다. 하겠다고 해놓고 하지 않는 시간이 길어지면, 하고자 하던 열망은 하지 않고 있음을 자책하며 두려움을 키워간다는 걸 몸소 체험하고 있었지요. 잘하고 있는 부분보다 못난 부분만 돋보기로 들여다보며 스스로에게 실망하는 일이 잦아지고, 자기 의심은 독버섯처럼 퍼져나갔습니다. 사랑받음이 필요한 시기란 걸 체감했습니다. 그래, 사랑이 있는 곳으로 가자.

　　어머니의 사랑은 본능적인 생명에 맞닿아 있습니다. 세상의 많은 어머니들처럼 그녀는 집에 있는 온갖 것을 제게 먹이고 싶어 합니다. "너 이거 먹을래? 아, 맞다. 이것도 있는데, 이거 먹어볼래? 이것 좀 더 먹어." 이런 말은 언제 들어도 질리지 않지만, 그중에서도 제가 가장 좋아하는 말은 이 겁니다. "얼른 일어나 아침 먹어. 먹고 또 자." 아……. 이 말은 비몽사몽간에도 유혹적입니다. '그러니까 먹고 또 자도 되는 거지? 그래도 된다는 거지?' 일어나서 먹고 다시 잠드는 일은 드물지요. 먹다 보면 잠은 깨고 힘이 나고 새날을 새롭게 시작하고 싶어집니다. 문득 아무 때나 들어가 그 안에 있는 음식을 다 먹어도 미안하지 않은 집이 한 사람에게 하나씩은 마땅히 있어야 한다는 생각이 듭니다. 몸과 마음이 지쳤을 때 어서 와 앉으라고 따끈한 밥상을 차려주는 한 사람을 세상 모두에게 선물할 수 있다면, 그런 정도의 사랑은 모든 사람이 공평하게 받았으면 좋겠습니다. 먹이고 돌보는 마음은 모든 생명이 지닌 최초이자 근원적인 사랑의 형태이지요. '먹고 나니 힘이 난다'라는 당연한 말을 소중히 경험하는 와중에 사랑의 시간이 흘러갑니다.

그런가 하면 아버지의 사랑은 좀 더 근본적인 데가 있습니다. 제가 하루 이틀 먹고 잔 뒤에 기운을 차리는 모습을 보고는 이런 질문을 던집니다. "그래, 요즈음은 사는 게 재미있으신가?" 아버지다운 질문입니다. '재미? 재미있나, 요즘 사는 게?' 답을 어떻게 할까 우물쭈물하는 사이, 다음 질문이 들어옵니다. "그럼, 돈은 잘 벌고 계시나?" "아……. 뭐 그냥저냥 그래요." 두 질문 모두에 명쾌한 답변을 하지 못하는 저를 보며 안타까움이 담긴 말투로 아버지가 다시 묻습니다. "아니, 그렇다면 왜 이대로 살고 있지?" 헐······. 정곡을 찔린 듯 말문이 막혔지요. 아버지의 철학은 이런 겁니다. 사는 게 재밌다면 돈은 좀 못 벌어도 그만이다. 돈을 잘 벌고 있다면 사는 게 재미없어도 (때로 인생에 그런 시기도 있는 것이니) 괜찮다. 30년간 한 직장에서 열심히 돈 벌어 자식들을 키우던 시기를 보내고, 은퇴 후에는 누구보다 촘촘하고 재미있게 살고 계신 팔순의 아버지. 아버지의 질문은, "너 지금 괜찮니?" 하며 저의 지금을 염려하는 사랑의 마음이겠지요.

그러고 보면 인생이란 '사랑의 바퀴'와 '질문의 바퀴'를 굴리는 자전거 타기 같다는 생각이 듭니다. 어둠 속에서 함께 있어주는 존재와 빛을 보여주는 존재. 한 사람에게는 이렇게 두 개의 바퀴를 균형 있게 굴리도록 돕는 존재가 필요하지요. 무조건적인 사랑을 주는 존재도 필요하지만 가야 할 길의 방향을 보여주는 나침반 같은 존재 역시 필요합니다. 사랑의 연료가 채워진 자전거는 자기 가슴이 원하는 곳으로 가고 싶어 하는 법이지요. 상담이란 내담자의 손을 잡고 터널 속으로 들어가 함께 웅크려주는 일이지만, 그것만으로 그 사람을 살릴 수는 없습니다. 충분히 사랑받은 사람에게는 문제를 직면하고 스스로 나아갈 수 있는 힘을 키워줘야 합니다. 원하는 것이 무엇인지 깨닫게 하는 적절한 질문은 그가 꿈꾸는 방향으로 나아가게 도와주지요.

어머니가 주신 잡곡 가루를 따뜻한 물에 섞어 마시며, 아버지가 제게 던진 질문을 다시 한 번 곱씹어봅니다. 사랑이 모세혈관을 구석구석 채워주는 지금, 가슴에서 뜨거운 무언가가 울렁거립니다. 제 몸 어디선가 이런 소리가 들리는 것 같습니다. 잘 살고 싶다. 이 두 사람을 더 웃게 해주고 싶다. 이 울렁임은 제가 그들에게 보내는 간절한 사랑이겠지요.

사는 게 벅차고 힘이 들 땐, 언제고 사랑이 있는 곳으로 갈 수 있으면 합니다. 온 마음으로 안아주는 사람, 환하게 비추어주는 사람 곁으로요. 당신에게 그런 존재가 꼭 있었으면 합니다.

작은 사랑 고백

다섯 살 꼬마가 네 살 동생을 씽씽이에 태우고 공원을 한 바퀴 도는 모습을 보았습니다. 동생은 다소곳이 두 발을 발판에 모으고 있고, 형아는 그런 동생이 넘어질세라 조심조심 씽씽이를 돌렸지요. 저 조심스러워하는 마음은 누가 가르쳐주지 않아도 스스로 피는 꽃 같은 걸까. 형아의 마음이 대견하고 뭉클했습니다.

어쩌면 '먼저'는 작은 존재인 '나중'에 대한 안쓰러움을 지닌 채 평생을 살아가야 하는 것인지도 모르겠습니다. 태어나보니 형제자매 중 세 번째인 제가, '먼저'의 삶은 어떠했을까, 그 작은 사람의 마음을 잔잔히 헤아려보았지요.

많이 힘들다는 당신을 보쌈해 오고 싶습니다. 손사래 치는 당신을 손수레에 태우고 가을바람을 느낄 수 있게 공원 한 바퀴를 돌고 싶습니다. 이제 네 차례라고 서둘러 내리려 하지 않았으면 합니다. 한 바퀴만 더 돌자고 한참 어린 나에게 어린 당신이 졸라댔으면 합니다. 그러면 저는 "에이, 기분이다" 하면서 조금 더 속력을 내서 당신을 태우고 이 가을을 달리고 싶습니다. 그렇게 달리는 동안 고단한 당신이 조용히 울다가 이제 됐다며 제 손을 잡을 때, 고마웠다고 말하고 싶습니다. 당신으로 인해 제가 이만큼 자랐노라고.

깨어지기 쉬운
아름다움

천도복숭아가 문제였습니다. 늦여름, 모임에서 천도복숭아를 먹었는데 그렇게나 맛있는 겁니다. 부모님 댁에 가는 길에 사 들고 갔습니다. "요즘 천도복숭아 정말 맛있어요"라고 말하면서 봉지에서 꺼내는데, 부모님 표정이 영 별로입니다. 맛있는 거 사 갔는데 반응이 시원찮으니 마음이 상해서 애꿎은 천도복숭아만 째려보았지요. 그런 저를 보고 엄마가 변명하듯 늘어놓습니다.

"나이 들면 이가 안 좋아서 천도복숭아 먹고 싶어도 못 먹어. 딱딱해서……."

"아니, 그럼 갈아 먹으면 되잖아요!"

무안하고 당황하고 미안하고 짜증이 나서 퉁명스럽게 말했습니다.

후회가 되었습니다. 부모님에 대한 저의 사랑은 딱 그 정도였던 겁니다. 나에게 좋은 것을 나누고 싶은 마음이 상대에게 진심으로 닿으려면 그에게 무엇이 필요하고 무엇이 필요치 않은지 살펴야 했는데, 그러지 못했지요.

언젠가 아는 어르신이 하신 말씀이 떠올랐습니다. 얼마 전, 손주가 과일 한 박스를 사 왔는데 먹느라 혼났다며 고개를 절레절레 흔드셨지요. 그때는 왜 혼났다고 말씀하시나 의아했습니다. 손주가 설마 할머니 할아버지 혼이나 내려고 과일을 사드리지는 않았을 텐데 말이죠. 이제는 어렴풋이 알 것 같습니다. 칠팔십 대 어르신들은 생각보다 조금 드십니다. 이도 안 좋지만 소화가 잘 안되기도 하고요. 아침에 사과 한 알을 두 분이 나누어 먹는데, 그조차 남는 경우도 있다고 하더라고요. 그러니 과일이 한 박스나 들어오면 이걸 언제 다 먹나 싶은 겁니다. 옆집에 조금, 경비 아저씨에게 조금, 집에 놀러 온 손주들에게 조금 싸 들려 보내야 비로소 마음이 놓이는 거죠. 아, 어르신들 혼내고 싶지 않다면, 맛있고 부드러운 것을 조금씩 자주 사드려야겠구나. 이렇게 또 하나 알아갑니다.

집으로 돌아가는 길, 북클럽 회원들과 나누던 이야기가 떠올랐습니다. 만약 그런 게 가능하다면 10년 전으로 돌아가고 싶은지 묻는 자리에서, 모두들 돌아가고 싶지 않다고 말했습니다. 북클럽 회원들의 평균 연령은 삼십 대 후반에서 사십 대 초반. 다들 오랜 방황의 시간을 거쳐서 여기까지 오느라 너무 힘들었고, 지금이 오히려 좋지 과거로 돌아가고 싶지는 않다고 입을 모았지요. 그런데 잠시 뒤, 대체로 공감하는 분위기에서 누군가 꺼낸 말에 순간 다들 멈칫했습니다. 그래도 만약 과거로 돌아가고 싶은 이유가 하나 있다면, 10년 전의 젊은 엄마와 아빠가 거기 있어서라고. 세월이 흘러 이제는 눈이 잘 안 보이고 귀가 덜 들리고 오래 씹어야 하고 천천히 걸어야 하는 작아진 부모의 생기 있는 모습을 다시 볼 수 있다면 얼마나 좋겠냐고.

누군가는 쓸데없이 서글퍼지는 상상이라고 하겠지만, 저는 이런 사무친 마음이 지금을 더 잘 살게 한다고 믿는 편입니다. 느슨해진 태엽을 돌리고 돌리며 눈물 젖은 시계를 만집니다. 지금 살아 있다면 만져야 합니다. 만지는 것이 사랑이지요. 지금이 사랑할 때입니다.

불행한 일이
좋은 사람들에게
생길 수 있다

레이먼드 카버의 단편소설 〈별것 아닌 것 같지만, 도움이 되는〉에는 여덟 번째 생일날 아침에 뺑소니 교통사고를 당해서 혼수상태에 빠진 아들을 지켜보는 젊은 부부가 나옵니다. 부부가 미리 주문해둔 생일 케이크를 찾아가지 않자 상황을 모르는 빵집 주인은 밤낮없이 전화해서 부부를 괴롭히지요. 결국 아들은 죽고, 화가 난 부부는 빵집을 찾아갑니다. 마침내 사연을 알게 된 빵집 주인은 진심으로 사과하며 며칠 동안 제대로 먹지 못했을 부부에게 갓 구운 빵을 대접합니다. "이럴 때 뭘 좀 먹는 일은 별것 아닌 것 같지만, 도움이 될 거요"라고 말하면서요. 따뜻한 빵을 먹으며 부부는 조금씩 기운을 차립니다. 주인은 밤새 두 사람 곁을 지키며, 평생 좁은 공간에 갇혀 타인을 위해 빵을 만들어온 자신의 이야기를 들려줍니다. 모르는 사람의 투박한 포옹에 기대어, 그의 이야기에 귀 기울이며, 부부는

"형광등 불빛 아래에 있는데, 그 빛이 마치 햇빛"인 것처럼 느끼지요. 이른 아침까지 빵집에 머무르는 부부의 모습을 보여주며 소설은 끝납니다.

소설의 마지막 문장. "떠날 생각을 하지 않았다"라는 그 문장을 앞에 두고 저 역시 오래 자리를 뜨지 못했습니다. 마음으로 조용히 눈물 흘리며, 진정한 위로와 연대란 어떤 모습일지 생각해보았지요.

누군가는 아프고 누군가는 죽고 누군가는 실의에 빠집니다. 어떤 경험이 누군가에게 왜 그 시기에 일어나는지 우리는 알 수 없습니다. 다만 추측할 수 있는 것은 내가 그 경험을 하도록 내 앞의 존재가 일정한 역할을 해주고 있다는 점입니다. 어쩌면 생각으로는 절대 가당을 수 없는 그 귀한 경험을 자기 생을 바쳐서라도 전하고 가는 것일지도 모릅니다. 감당하기 힘든 고통의 시간을 통과한 사람은 넓고 깊고 고요해집니다. 경험이 지나간 후에는 언어로는 설명할 수 없는 진한 향내가 납니다. 어린아이를 잃은 부모나 어린 시절 부모를 여읜 아이에게 누구도 쉽게 위로의 말을 꺼낼 수 없습니다. 말은 그 순간 가장 불필요하고 몹쓸 것이 됩니다.

그때는 말없이 그저 안아줘야 할 뿐입니다. 그 경험이 그들의 삶을 오래 아프게 하지 않기를, 그 경험을 통해 더 많은 사람들을 품을 수 있기를 바라는 마음으로, 조용히 귀를 내어주며 곁을 지켜야 할 뿐이지요. 세상에서 가장 따뜻한 빵을 건네는 마음으로요.

경험해봐야 가슴으로 알아차리는 것이 있습니다. 수많은 이들이 각자의 삶을 살며 보이지 않는 그물로 연결되어 서로에게 영향을 주고 있습니다. 그건 다른 말로 '사랑'이 아닐까요. 그렇게 이름 붙이지 않고서는 달리 설명할 길이 없습니다. 하여 저는 불행한 일은 없다고 믿고 싶습니다. 우리가 경험하는 모든 일의 이유는 사랑일 거라고 간절히 믿고 싶습니다. 겉으로는 전혀 그렇게 보이지 않더라도, 보이지 않는 손이 내게 보낸 사랑이라고.

너,
이 정도도 안 겪고
어른이 되려고 했어?

━━━━━━━

북클럽에서 정세랑 작가의 《시선으로부터,》를 함께 읽었습니다. 이 책은 한국과 미국에 나뉘어 사는 어느 가족이 단 한 번의 제사를 위해 하와이를 찾는다는 이야기로, 가족들의 기억과 매체에 남겨진 기록을 통해 돌아가신 여성 예술가 심시선 여사의 삶을 들여다보는 방식으로 전개됩니다.

그중 심 여사를 기억하는 한 여성 화가의 인터뷰가 인상적이었습니다. 인터뷰 제목은 '그때 나를 일으켜 세운 한마디'였지요. 그녀는 그림을 좀 더 크게 그리라는 심 여사의 말을 듣고는 비로소 웅크리고 있던 자기 자신을 발견했다고 말합니다. 그동안 "부엌 뒷방, 작업실 같지도 않은 작업실에서 작은 캔버스에 그리고 있었는데 움츠러든지도 못 알아챘었다"라고 말하지요. 때로 어떤 말은 날카로운 진심이 담겨 사람의 마음 어딘가를 건드립니다. 가던 길을 멈추고 자기 자신을 들여다보게 하지요.

문득 사과이모 북클럽 회원들은 살면서 나를 일으켜 세운 어떤 한마디를 들었을까 궁금해졌습니다. 독서 토론을 시작하자 수줍은 듯하면서도 단단한 느낌이 드는 오십 대 여성 B가 먼저 조심스레 이야기를 시작했습니다. 삼십 대 초반, 결혼을 하고 아이들이 유치원에 다니던 즈음, 2년여 사이 친정에 많은 일들이 있었다고 합니다. 오빠들의 사업이 연이어 실패하고, 급기야 친정어머니까지 돌아가시면서 바람 잘 날 없었다고요. 지금 생각해도 어떻게 그런 파도가 한꺼번에 들이닥쳤는지 숨이 안 쉬어질 정도였더랍니다.

무엇보다 B를 절망시킨 건 마음으로 크게 의지했던 어머니의 죽음이었습니다. 그때 B는 모든 것이 멈춰버린 듯 느꼈지요. 슬픔에 압도당해서 매일 울기만 했습니다. 챙겨야 하는 가족들이 있었지만 아무것도 할 수 없었습니다. 그렇게 하루하루가 슬픔으로 흘러가던 중에 동네 언니가 집에 찾아왔습니다. 당연히 따뜻하게 위로해줄 줄 알았건만 언니의 말은 예상 밖이었습니다.

"너, 이 정도도 안 겪고 어른이 되려고 했어?"

말문이 턱 막혔습니다. 언니는 계속해서 냉정하게 말했습니다.

"아무리 슬퍼도 너는 챙겨야 하는 가족이 있어. 부모님이 돌아가실 수도 있다고 생각 안 해봤어? 이 정도도 안 떠올려봤어? 슬퍼도 할 일 다 하고 슬퍼해. 아이들 챙기고 밥도 하고, 그러고 나서 슬프면 그때 울어."

그때 B는 얼마나 야속했는지, 얼마나 울었는지 모릅니다. 언니는 이렇게 덧붙였지요.

"나중에 애들이 너 죽었다고 아무것도 안 하고 자기 일상 내팽개치고 울고만 있으면 좋겠어?"

B는 그제야 정신이 들었습니다. 얼마나 뜨끔했는지 모릅니다. 결국 B는 그 언니 덕분에 기어이 힘을 내서 일상으로 돌아갈 수 있었습니다. 아이들이 유치원에서 돌아와 "엄마, 오늘도 또 울었어? 엄마 오늘도 슬퍼?"라고 물어보았을 때, B는 이렇게 대답했습니다. "응, 엄마는 할머니가 돌아가셔서 슬퍼. 그래도 이제 엄마 힘낼게." 물론 B는 그 이후에도 엄마 생각이 떠오를 때면 몇 번씩 눈물이 났습니다. 그럴 때마다 마음속으로 이렇게 속삭였지요. "엄마, 나 우는 건 나중에 할게. 엄마 나 잘 살게. 그게 엄마가 원하는 거지? 지금 내가 여기서 잘 살아가는 거."

두렵고 무섭고 막막한 터널을 건너다가 종종 주저앉아 울고만 싶을 때가 있습니다. 사는 게 눈물 나게 벅찰 때가 있지요. 그런 시간을 지나오며 우리는 어른이 되는 것일까요. 쓴소리였지만, 그 말이 참 아팠지만, 살면서 힘든 상황이 닥쳐와 더 용감해져야 할 때, B는 자주 언니의 말을 떠올렸다고 합니다. 사는 동안 그 말 한마디에 의지해서 지금 여기까지 올 수 있었다면서, 그때는 미처 표현하지 못했는데, 언젠가 나를 일으켜줘서 고마웠다고, 꼭 마음을 전하고 싶다고 말했지요.

팔만 사천 가지 사랑의 모습으로 우리 삶에 나타난다는 문수보살이 떠올랐습니다. 그중 어느 형태도 같지 않지요. 마찬가지로 따뜻한 말과 포옹만이 사랑의 유일한 모습이 아닙니다. 때로 냉정하고 차가운 태도로 사랑을 실천하는 사람들이 우리 곁에는 존재합니다. 스스로 좋은 사람으로 보이고 싶은 마음을 내려놓았을 때나 가능하니, 오히려 따스한 포옹보다 훨씬 값지고 깊은 사랑일지도 모릅니다. 그 사랑을 알아보는 것은 받는 사람의 몫이지요.

진정한 지혜는 지금 그 사람에게 꼭 맞는 사랑을 건네는 것이겠죠. 공감이 필요한 때는 말없이 귀를 내어주며 따뜻하게 안아주고 싶습니다. 주저앉은 자리에서 일으켜 세워야 할 때는, 비록 당장 듣기 좋지는 않더라도 따끔한 말을 전하는 사람이고 싶습니다. 금방 털고 일어날 수 있는 단단하고 건강한 사람이라고 믿어주면서, 사랑의 마음은 호주머니에 숨겨둔 채로요.

그리운 사람과
함께 있다는 믿음

이성복 시인의 시론 《극지의 시》에는 "헤어져 있다는 것은 멀리 떨어져 있으면서도 항상 같이 있는 상태"라는 문장이 나옵니다. 저는 가끔 그리운 이가 떠오를 때 이 문장을 되뇝니다. 그러고 나면 초조하던 마음이 조금 괜찮아지는 것 같습니다.

그리운 이와 언제나 함께 있다는 믿음. 쉽게 믿어지지 않지만 믿고 싶어집니다. 이것은 옳고 그름을 따지는 영역이 아니라 믿음의 영역이니 말입니다. 멀리 있는 사람, 보고 싶지만 볼 수 없는 사람, 이미 몸 떠난 사람, 이별한 사람. 나이 들수록 그리움의 대상이 늘어나는 것이 인생이지요. 내가 여기 있을 때 당신이 늘 나와 함께 있다는 믿음. 살아가는 데 이만큼 든든한 믿음이 또 있을까요. 저는 만일 삶에서 무언가를 믿어야 한다면 이런 믿음만은 굳건하게 가졌으면 좋겠습니다. 그리워하기보다 함께 있음을 충만하게 느끼며 하루하루 살면 좋겠습니다.

그래요, 제게는 보고 싶은 사람들이 있습니다. '보고 싶은 사람들'이라고 복수형으로 써놓고 가장 그리운 사람 한 명을 몰래 숨겨놓습니다. 혹시 잘 숨겨졌을까요. 저는 기다림에 익숙합니다. 익숙하다고 좋아하는 것은 아닌데, 하면서도 기다립니다. 너무 간절하면 등 뒤로 두려움이 드리워질까 봐, 그 두려움 때문에 더디 올까 봐, 너무 간절해하지도 못합니다.

하루는 《데미안》을 읽다가 이런 문장을 만났습니다. 원하는 것을 간절히 바라다가도 금세 갈등하고 불안해하는 주인공 싱클레어에게 그가 가장 동경하는 스승 같은 존재인 에바 부인이 말합니다. "당신이 믿지 않는 소망들에 몰두해서는 안 돼요. (……) 아니면 완전히 올바르게 소망하든지요. 일단 당신 자신의 마음속에서 성취를 확신하며 소망할 수 있다면, 그렇다면 성취도 있는 거예요. 그러나 당신은 소망하고, 다시 후회하고 그러면서 두려워하지요."

저는 이 문장을 읽고 뜨끔했습니다. 원하는 것을 정해놓고 간절하게 기다리다가도 금세 '이게 되겠어?' '내가 이걸 할 수 있겠어?'라며 의심하고 불안해하는 저를 꾸짖는 말 같았기 때문이지요. '완전히 올바르게 소망'한다는 건 어떤 의미일까요? 가슴 안에 소망 하나만 남겨두고 다 지워야 한다는 뜻일까요? 매일 그 소망을 시각화하고 확언한다는 걸까요?

　복잡해진 머리를 식힐 겸, 주말 아침 카페에 가서 아메리카노를 주문했습니다. 커피를 주문하니 커피가 나옵니다. 커피를 주문하면서 커피가 못 견디게 간절했던 적은 없는데 커피는 늘 나에게 옵니다. 문득 커피를 주문했으니 커피가 나오는 이 평범한 기적에 비밀이 숨어 있지 않을까 하는 깨달음이 찾아왔습니다.

　생각해보니 한 번도 아메리카노를 주문하고는 라테가 나올지 걱정하지 않았습니다. 주문이 잘못 들어갔을지 염려하지 않았지요. 조리대 너머는 너머에 맡겨두고 저는 그저 제가 할 일을 하면서 잠시 기다릴 뿐입니다. 때로 잠시가 아니라 조금 오래 걸리기도 합니다. 그래도 크게 불안해하지 않습니다. 주문이 조금 밀렸나 보네, 가볍게 넘기며 계속 할 일을 하지요. 그러면 영락없이 아메리카노가 제 앞에 옵니다.

　커피를 주문하듯이 의심 없이 기다려야겠습니다. 겨울 다음 봄이 오는 계절의 순서를 의심하지 않듯이, 봄을 그리워하는 마음으로 기다려야겠습니다. 기다리고 있다는 사실을 잊은 채 기다려야겠습니다. 스며들듯 봄이 오는 건 누군가 계절을 기다려준 덕분이겠지요. 완전히 올바르게 소망한다는 건, 한 치의 의심 없이 지금 내 앞에 주어진 삶을 살아간다는 뜻 아닐까요? 기다리는 순간순간이 촘촘하게 사랑이었구나 하고 알아차리게 됩니다. 기다림이 사랑입니다.

시인이 바라보는 세상

얼마 전 《누가 시를 읽는가》라는 책을 흥미롭게 읽었습니다. 미국의 시 전문지 〈시Poetry〉에서 독자 50명에게 시에 대한 각자의 생각과 경험을 묻고 그 답변을 담아 펴낸 책이었죠. 저는 그중 중국 예술가 아이웨이웨이의 이야기에 가장 공감이 갔습니다. 아이웨이웨이는 시를 읽는다는 건 "세상을 경이롭게 여기는 것이며 인간의 본성을 이해하는 것이며 가장 중요하게는 젊고 늙고 배우고 못 배우고를 떠나 타인과 나누는 것이다"라고 말합니다. 그러니까 시를 읽는 건 세상을 사랑하고 인간을 사랑하는 행위라는 거지요.

책에 등장하는 독자들의 직업은 정말 다양합니다. 시와 직업적 연관이 있는 예술가들뿐만 아니라 의사, 기자, 국회의원, 군 장성, 경제학자(놀라워라!), 철공 노동자, 목사도 있었죠. 그들이 시에 기대어 살아가는 이야기를 읽으며, 그게 뭐라고 참 위안이 되더라고요. 먼 미국 땅에 사는 사람들 이야기일 뿐인데도, 주변에서 아무도 읽지 않는 시를 혼자 찾아 읽는 내가 이상한 게 아니구나 싶어 안도하게 되었달까요.

제가 시를 좋아하게 된 건 시인이라는 직업인에 대한 동경 때문이었을 겁니다. 저는 진로 상담일을 하다 보니 직업에 관심이 많은 편입니다. 세상에 어떤 직업이 있는지, 어떤 직업이 곧 사라질지, 어떤 직업이 급부상하는지 촉각을 곤두세우고 흐름을 파악하며 살아갑니다. 하지만 그런 자료와는 별개로, 저만의 기준으로 바라본 시인이란 직업은 그 어떤 직업보다 가치 있고 효용적입니다. 심지어 저는 세상에 시인이란 직업이 사라지면 이 세상이 멸망할지도 모른다고 생각하는 입장이죠.

시인들은 우리 스스로 가지고 있는 줄도 모르고, 손에 이미 들고 있는 줄도 모르면서 마음껏 쓰고 있는 '사랑'이 무엇인지에 대해 깊이 몰두합니다. 여기서 말하는 사랑은 남녀 간의 감정보다는 사람과 사람 사이를 연결하는 마음에 가깝습니다. 《사람은 무엇으로 사는가》에서 톨스토이가 말했듯 "모든 인간이 살아가고 있는 것은 모두가 각자 자신의 일을 걱정하고 있기 때문이 아니라 그들 속에 사랑이 있기 때문"이지요. 즉 우리는 각자 자기 자신의 안위를 걱정하기 '때문에' 살아가는 것이 아니라 내 곁에 있는 누군가의 사랑의 마음 '덕분에' 살아가고 있습니다. 당신의 사랑과 나의 사랑, 그 사랑의 물줄기가 이 세상을 돌리고 있지요.

제가 존경하는 마종기 시인은 타국에서 돌봄의 최전선이라 불리는 의사로 살아가며 60여 년간 시를 쓰셨지요. 시인은 시의 목표가 사랑이 아니라면 그런 시는 필요 없다고 말했습니다. "시는 사랑의 한 표현 방법이고 체온 나눔이고 생환 훈련에서 살아남기 위한 방편이다. 적어도 나는 그렇게 믿고 한세상 시를 사랑하며 살았다"라고도 했지요. 일평생 고통과 슬픔 사이를 서성이는 사람들과 함께한 시인의 말에는 깊은 울림이 깃들어 있습니다.

우리는 사랑이라는 거대한 강물에 몸을 싣고 어딘가로 향하고 있습니다. 바닷속에 살면서 바다가 어디 있는지 찾아 헤매는 어리석은 물고기처럼, 우리는 사랑 속에 살면서 사랑이 어디에 있느냐고 물으며 방랑합니다. 때로 우리는 사는 게 바쁘고 할 일이 많아서 자신이 방랑하고 있는 줄도 까맣게 모르고 살아갑니다.

그런 우리를 대신해서 사랑에 대해, 삶의 본질에 대해 묻고 또 묻는 호기심 많은 사람들이 시인들입니다. 그들은 천진하고 맑고 따스한 곳부터 시궁창이 모여 있는 탁하고 낮고 하찮은 곳까지, 세상 곳곳을 돌아다니며 깊숙이 들여다봅니다. 마치 고통과 절망과 슬픔이 모양새만 그러할 뿐 사랑의 변장술이란 걸 알고 있다는 듯이 말이죠. "사랑은 당신 발밑에, 바로 지금 여기에 있다"라고 전하는 그들의 목소리를 통해 잠시 멈추고 삶을 돌아보게 되니, 자꾸만 저는 시를 사랑할 수밖에 없는 것입니다. 사람들이 고삐 풀린 망아지처럼 돈, 성공, 명예의 땅인 동쪽으로 내달릴 때, 서쪽에는 사랑이 있어, 삶의 진리가 숨겨져 있어, 하고 손짓하는 사랑의 존재들. 이런 막중한 임무를 스스로 떠안은 시인들이 사라진다면 세상에서 가장 중요한 가치가 사라질지도 모를 일이지요.

지난여름 고명재 시인의 수업을 들었습니다. 수업은 시인이 좋아하는 시를 낭독하고, 그 시에 대해 여러 관점에서 이야기 나누는 방식으로 진행되었습니다. 노트에 가볍게 끄적이면서 수업을 듣는데, 시인이 자주 쓰는 말이 제 주의를 끌었습니다.

이상하죠.
신기하죠.
아름답죠.

시를 낭독한 후에 "이상하죠? 왜 이렇게 표현했을까요?" "신기하죠?" "아름답죠?"라고 감탄하듯 묻는 시인의 눈빛은 《그리스인 조르바》 속 조르바를 떠올리게 했지요. 작은 놀라움이 담긴 시인의 말투는 "이 기적은 도대체 무엇이

지요? 이 신비란 무엇이란 말입니까?"라고 묻는 조르바의
기분 좋은 호들갑과 닮아 있었습니다. 두 시간의 수업 동안,
제 노트에는 '이상하죠. 신기하죠. 아름답죠'라는 짧은 문장
이 아름답게 수놓여 있었습니다.

《너무 보고플 땐 눈이 온다》라는 산문집에서 만나본
고명재 시인의 삶은 슬픔과 그리움으로 가득했습니다. 자신
을 키워준 비구니 스님과 어머니, 아버지, 할머니와 함께했
던 가난한 시간이 맑고 투명하게 켜켜이 담겨 있었습니다.
문장과 문장 사이에 아무리 힘들어도 사랑을 놓치지 않겠
다는 용감한 다짐이 새겨져 있다는 걸 알 수 있었지요. 아마
도 그 사랑의 마음이 시인으로 하여금 시를 쓰게 하고, 삶
을 살게 했으리라 짐작해보았지요.

수업이 끝나갈 무렵, 시인의 눈을 오래도록 바라보았습
니다. 문득 이런 생각이 가슴을 스쳐 갔지요. 저 눈이 그저
저이의 눈이겠는가? 눈이 아니라 마음이 아니겠는가? 저 마
음이 거저 주어진 마음이겠는가? 저이를 키운 이들의 사랑
이 눈처럼 소복이 쌓여 있는 마음이겠지. 그의 가슴에 살아
숨 쉬는 사라진 바 없는 마음이겠지. 그 귀한 마음이 담긴
저 눈에 가치를 매길 수 있을까……

무가보無價寶 같은 시인의 눈으로 바라보는 아름다운
세상에 더 많은 사람들을 초대하고 싶습니다. 사람들이 사
랑에 가까워지는, 삶의 진리에 눈뜨는, 시를 읽는 세상이 되

었으면 좋겠습니다. 가장 소중한 것들이 잊혀져가는 세상의 어느 한구석에서 사랑을 삶의 중심에 두고 몰두하는 시인들과 그들이 쓴 시를 가만히 품어봅니다.

그런 사람이고 싶습니다

다정한 사람이 좋습니다. 사는 게 힘들다고 느껴지는 순간, 그 사람에게 가면 '다정'을 경험하겠지 하고 생각할 수 있는 사람. 세상이 내 편인 것처럼 느끼게 해주는 사람. 밥은 먹었어? 따뜻하게 입어. 지금 네 마음은 어때? 몸과 마음 잘 보살펴줘. 그런 말들이 가슴에 흐르는 사람. 이번 한 번만 세상을 용서하고, 세상과 잘 지내보기로 마음먹게 해주는 사람.

재미있는 대화를 나눌 수 있는 사람이 좋습니다. 엄마는 종달새처럼 세상 아줌마들에게 물어온 소식을 지저귀고, 아빠는 가만히 듣습니다. 듣다가 아는 척하기 좋은 주제가 나오면 아빠가 눈을 반짝이며 이야기합니다. 그러면 엄마는 또 가만히 듣습니다. 별것도 아닌 이야기에 웃고, 진지하게 듣고, 그러다 좀 투닥거리기도 하지요. 언제 그랬냐는 듯, 종달새는 또 소식을 물어옵니다. 전화선을 통해, 산책하다 만난 동네 아줌마를 통해. 그러면 종달새는 또 지저귀고 싶어집니다. 그때 그 옆에서 귀를 내어주는 사람. 그런 사람이 좋습니다.

어려움에 처했을 때 망설임 없이 연락할 수 있는 사람이면 좋겠습니다. '나를 바보같이 생각하지 않을까' 하는 마음이 무색하게 "어디야, 내가 거기로 갈게" 하고 묻는 사람. 인기척만으로 안심이 되는 사람. "많이 놀랐지?" 하며 내 마음을 먼저 살펴주는 사람. 함께 공감하며 다독여주다가 "지금 내가 무엇을 해주면 네 마음이 편해질까?" 하고 묻는 사람. 무엇보다 제일 먼저 말로, 몸으로 안아주는 사람. 커다란 이불처럼 따뜻하게 포옹해주는 사람.

사는 데 진심인 사람이 좋습니다. 삶이란 경험하는 것이고, 경험 가운데 으뜸은 사랑 경험이니, 사랑에 진심인 사람이 좋다는 의미이겠지요. 사랑에 진심인 사람은 세상사에 모두 진심입니다. 자기 일도 진심으로 하고, 꽃에도 진심이고, 동물에도 진심입니다. 지나가는 작은 사람들에게도 말을 걸거나 꼭 손을 흔들어주더라고요. 그러니 사는 데 진심인 사람은 지금 여기를 사는 사람이겠지요.

진실하고 믿을 수 있는 사람이 좋습니다. 속마음을 보여줘도 안심되는 사람. 만나고 돌아오는 길, '아, 그 말은 하지 말걸' 하고 곱씹게 되는 사람이 아니라 몸이 공중으로 1센티미터쯤은 떠오른 듯 가볍게 만들어주는 사람. 순진하진 않지만 순수함을 잃지 않은 사람. 소년성과 소녀성을 놓치지 않은 사람. 자연을 사랑하고 동식물을 소중히 여기는 사람. 세상에 물들지 않고 자기 자신으로 물들어 있는 사람. 자기만의 향으로 주변 이들을 진심으로 품어주는 사람.

한때는 최선을 다해 조용한 곳을 찾고 다녔습니다. 사력을 다해 혼자 있으려고 했지요. 하지만 그 어딘가에 당도하면 꼭 다정한 사람을 만나고, 그 진심이 담긴 온기에 가슴 언저리가 따스해져서 그 공간을, 그 사람을 매번 사랑하고 말았지요. 겨울 다음에 봄이 오듯 사람이 사람을 사랑하는 것은 자연의 일인가 봅니다. 사람. 결국 돌고 돌아도 사람이겠지요. 한결같이 다정하고 싶습니다. 즐겁게 대화하고 싶습니다. 따스하게 포옹하고 싶습니다. 그 어떤 순간에도 진심이고 싶습니다. 당신에게 그런 사람이고 싶습니다.

당신은 어떨까
생각해봅니다

아프고 힘든 경험은 외면하고 싶습니다. 이 경험 속에 어떤 '감사함'이 있냐고 따져 묻고 싶습니다. 삶이 가져오는 무거움과 슬픔은 나를 '나'라는 생각 속에 가둬버립니다. 온통 '나'에게만 주의가 쏠려 있을 때는 불안했습니다. 과거를 헤매며 미래를 더듬으며 막막하고 두려웠습니다.

문득 당신은 어떨까 생각해봅니다. 당신은 얼마나 무서울까. 당신은 이 두려움이 어떻게 만져질까. 비로소 제 가슴에 미세하게 사랑이 흘러나옵니다. 잔잔하게 지금 여기로 돌아옵니다. 가만히 당신을 가슴 가득 안아봅니다. 그 살아있음이, 나를 살게 합니다. 그 사랑이, 나를 다시 일어서게 합니다.

속으로 아픈 만큼
고운 빛깔을 내고

남모르게 아픈 만큼
사람을 깊이 이해할 수 있다고
—이해인, 〈어느 꽃에게〉 중에서

사람을 더 깊이 이해하고 사랑하라고 내게 오신 귀한 손님. 무거움, 아픔, 슬픔, 두려움, 그리움이 '나'라고 고집하는 '나'를 내려놓게 합니다. 나는 작아지고 순해집니다. 투명해지고 흐릿해집니다. 그렇게 나는 사라집니다. 그때 비로소 진정한 사랑이 드러납니다.

내가 없을 때, 나는 세상 모두를 끌어안는 사랑이 됩니다. 내가 사랑입니다.

너에게 담겨도 될까

가끔 평소보다 조금 우울한 기분이 들 때 별안간 전화가 오면 얼른 목소리를 가다듬고 명랑한 척 전화를 받지. "응, 잘 지내. 컨디션 좋아. 그럭저럭 재밌어. 일 많이 들어와. 바쁜 게 좋은 거지." 그렇게 통화를 마치면 명백히 쓸쓸해져.

사랑하는 사람들 앞에서 하는 '괜찮은 척'에는 괜한 걱정일랑 하지 않았으면 싶은 마음이 담겼으니 사랑이겠지. 하지만 어쩐지 쓸쓸하고 외로운, 혼자 사랑 같아. 너는 나에게 그러지 않았으면 좋겠어. 너는 나에게 네 힘든 모습 보여줬으면 좋겠어. 얼마큼 내가 커지면 너는 내 마음 염려하지 않고 너를 다 보여줄까. 얼마큼 내가 허술하고 만만해지면 너는 나에게 안아달라고 말하며 어린아이처럼 울까. 나는 거대하면서 안정적이고, 따뜻하면서 차분하고, 허술하면서 비어 있는 그릇이고 싶어. 너는 큰 그릇이니까 이런 내 마음 보여줘도 흔들림 없이 나를 안아줄 거야, 라고 생각할 수 있으면 좋겠어. 너는 나만큼이나 빈틈 있고 여리니까 이런 내 마음 보여줘도 나를 우습게 보지 않겠지, 같이 울어주겠지, 라고 생각할 수 있으면 좋겠어.

나는 네가 뻔뻔하게 살았으면 좋겠어. 유치하고 실없이 살았으면 좋겠어. 아프면 '호' 해 달라 말하고, 슬프면 울고, 기쁘면 웃고, 행복하면 엉성하게 막춤도 추고. 나는 네가 그랬으면 좋겠어.

너는 작은 것들로 금세 향기로워지는, 세상에 단 한 송이뿐인 꽃이야. 그동안 혼자 잘 살아보겠다고 꾹꾹 눌러 담긴 너를 활짝 꽃피우고 싶어. 꽃이 있어야 성립되는 사물. 나는 너를 따스하게 담아주는 화병이고 싶어. 너라는 생명이 사는 집. 내가 그 집이 되어도 될까. 너라는 화병에 안겨 나 역시 화사하게 피어나도 될까. 들판에 홀로 서 있는 들꽃도 좋지만 인생의 한 시절, 너를 담고 너에게 담겨도 될까.

PART 3

삶을 사랑하며
나로 살아가며

나에게
가장 귀한 차를 대접합니다

일상을 살다 보면 불안감과 조급함 탓에 몸과 마음이 긴장 상태에 놓일 때가 많습니다. 우리 몸은 의자에 앉아 있을 때조차 긴장하고 있습니다. 가만히 느껴보세요. 엉덩이, 허리, 배, 다리, 팔의 근육들이 앉아 있는 자세를 취하기 위해 얼마나 긴장하고 있는지를요. 혼자 앉아 있을 때조차 긴장하고 있는 우리는, 매 순간 긴장을 데리고 살아가지요. 사람들과 함께라면 더, 혹 불편한 사람과 함께라면 그보다 더 긴장하게 되지요.

단 10분. 조용한 공간에서 홀로 차 한 잔을 마시며 이완의 시간을 가져보기를 권합니다. 준비물은 따뜻한 차 한 잔뿐입니다. 지금 한번 같이 해보면 어때요?

일단 편안한 자세로 앉습니다. 잠시 눈을 감았다가 천천히 뜹니다. 내 앞에 놓인 차를 지그시 바라봅니다. 찻잔의 생김새, 차가 채워져 있는 모습, 차의 색깔, 모든 걸 오늘 처음 본 것처럼 음미하듯이 바라봅니다. 이제 차를 들고 찻잔의 온기를 느껴봅니다. 손안에 느껴지는 따스한 열감을 느껴봅니다. 천천히 차의 향을 느껴봅니다. 들이마시고 내쉬면서 향을 들이켜고 내쉬어봅니다. 충분히 향을 느꼈다면, 차를 한 모금 마십니다. 따스한 차가 혀에 닿는 촉감을 느껴봅니다. 온몸으로 퍼져가는 것을 느껴봅니다. 천천히 한 모금 한 모금 음미하듯이 마십니다. 입에 가볍게 머금고 있어봅니다. 입안 골고루 차향이 스며드는 것을 느껴봅니다.

서두르지 않습니다. 지금 내게 가장 중요한 일은 오감을 활짝 열고 내 앞의 차 한 잔을 음미하며 느끼는 것입니다. 떠오르는 말이 있다면 가볍게 소리 내어 말해도 좋습니다. 아, 오늘 차향이 참 좋네. 아, 행복하다. 아, 편안하다. 지금 차와 함께하며 느껴지는 내 마음을 속삭여봅니다.

귀한 당신을 소중하게 대해주세요. 늘 바쁜 당신에게 고요하게 차 한 잔 대접해주세요. 충분히 잘하고 있는 당신, 당신은 거기에서 나는 여기에서 여유롭게 천천히 지금 여기에 있어봅니다. 나는 나에게 가장 귀한 차를 대접합니다. 나는 당신에게 가장 소중한 마음을 드립니다.

열 살
꼬마 스승님

사람들은 '스승'이라고 하면 주로 나이 든 사람을 떠올립니다. 저는 어린 시절부터 그에 대한 의문이 들었습니다. 오히려 아이들에게 배워야 할 점이 더 많다는 생각이 나이를 먹을수록 점차 분명해졌지요. 유년 시절부터 이십 대까지 제 인생에 많은 영향을 준 사람 역시, 부모님도 선생님도 아닌, '어린 왕자'였으니까요. 꽃향기를 맡아본 적도, 별을 바라본 적도, 누군가와 사랑을 나눠본 적도 없이 매일 계산만 하는 아저씨를 두고 "그는 사람이 아니야, 버섯이지!"라고 소리쳤던 어린 왕자. 진짜 중요한 것은 눈에 보이지 않는다고, 마음으로 보아야 한다고 말해준 어린 왕자. 점점 나이가 들수록 어린 왕자가 전하는 메시지가 더욱 깊이 있게 다가오는 것만 같았습니다.

사실 제게는 생텍쥐페리의 동화 속 어린 왕자와 비슷한 열 살 꼬마 스승님이 한 분 있지요. 제 조카이기도 한 이

꼬마 스승님은 저도 모르는 사이 세상 누구보다 저를 흔들어 깨우기 일쑤입니다. 지금 여기를 살라고 말이죠!

"영아, 이모가 기분이 안 좋은데 이럴 땐 어떻게 해야 돼?"

"음⋯⋯. 되게 쉬워. 근데 비밀이야."

"얘기해줘. 얘기해줘!!"

"(누가 들으면 안 된다는 듯 속삭이며) 이모한테만 말해줄게. 웃으면 돼!"

"(가식적으로 입꼬리만 올리며) 이렇게? 근데 기분 안 좋아지는데?"

"그렇게 웃으면 안 돼. 진짜로 웃어야지."

"그렇구나⋯⋯. 근데 그걸 어떻게 알았어? 학교에서 알려줬어? 엄마가 그렇게 하라고 말해줬어?"

"아니. 그냥 혼자 해봤어. 근데 난 웃으면 기분 좋아졌어."

"아⋯⋯."

"근데 이모는 안 되는 거 보니까 이모한텐 안 먹히나 봐. 이모한테 맞는 방법을 이모가 찾아봐."

"아⋯⋯, 네."

'웃으면 돼'라는 영이의 말에 울림이 있었던 것은 아닙니다. 웃으면 복이 온다. 일부러라도 웃어라. 우리는 살아오면서 이런 말을 수없이 들어왔지요. 책상 위에 포스트잇으로 써붙여두기도 하고, 다이어리에 적어놓기도 하지요. 하지만 그것은 내 안의 답이 아닙니다. 외부에서 들었던 좋은 말을 따라 한 것에 불과하지요. 그런데 영이는 저도 모르게 자기 스스로에게 묻고, 자신만의 답을 찾아가는 법을 알고 있었던 겁니다. 아마도 우리 모두가 열 살 즈음에는 그러하지 않았을까요. 그러다 어느 순간부터 이래야 한다 혹은 저래야 한다는 외부 정보에 휩쓸려 진짜 내 목소리를 듣는 법을 잊어버린 것이 아닐까요. 자라면서 우리는 열 살 즈음에 알고 있던 인생의 비밀을 하나씩 잊어버리는 게 아닐까요.

얼마 전 라디오를 듣던 도중, 오십 대 남성이 우연히 애니메이션 〈라이온 킹〉을 보다가 눈물을 흘렸다는 사연을 접했습니다. 남자는 심바의 아버지 무파사가 아들에게 "네 안을 들여다보렴. 넌 네가 생각하는 것보다 더 큰 존재란다"라고 말하는 걸 듣고 자기도 모르게 펑펑 울었다고 했습니다. 부모님이 돌아가셔서 어떻게 살아야 좋은지 물어볼 곳도 없고, 아이들에게 어떻게 좋은 아빠 노릇을 해야 할지 모르겠는데, 무파사의 이야기를 듣고 자신이 한 번도 자기 안을 들여다보지 않았다는 걸 깨달았다고 해요. 라디오를 타고 흘러나오는 사연을 듣는 내내 뭉클했습니다. 이것이 비단 그분만의 이야기는 아니겠지요. 우리 중 대부분이 아마도 그렇게 살아가고 있을 테니까요.

안팎으로 정보가 넘치고 전문가가 판치는 세상입니다. 까딱하면 남들 이야기 듣고 우우 따라가서 남들 살라는 대로 살다가 이번 생이 훅 지나갈 것 같은 예감에 가슴이 서늘해집니다. 그럴 땐 남들 말고 내 안의 나와 대화하는 시간을 가져봅니다. 지금 내가 원하는 건 뭐지? 그걸 왜 하고 싶지? 그걸 한다는 게 나에게 어떤 의미지? 누구와 함께할 때 행복하지? 무엇을 할 때 가장 즐겁고 열정적으로 하지? 평소에 바쁘게 사느라 생각해본 적 없는 가장 중요한 질문을 내가 나에게 던져봅니다. 그리고 내 안의 답을 기다립니다. 제 꼬마 스승님처럼요.

바라건대 저는 꼬마 스승님이 계속해서 열 살로 머물렀으면 좋겠습니다. 몸의 성장이야 어쩔 수 없겠지만, 자기 자신과 사이좋게 대면하며 자기 안의 답을 찾아내는 그 감각만큼은 지금 이대로 영원히 변치 않기를 바라는 마음입니다. 그런 생각을 머금고 있자니 눈앞의 꼬마 스승님은 또 무슨 일로 신이 났는지 한껏 들뜬 목소리로 "이모, 이것 좀 봐! 재밌지 않아?" 하고 외치고 있습니다. 단 한 순간도 어제에 대한 후회나 미래에 대한 걱정 없이 키득키득, 꺄르르 웃으며 지금 여기를 온몸으로 사는 꼬마 스승님과 함께 보내는 시간은 제게 힐링 그 자체입니다. 환한 웃음으로 답하며 마음속으로 다짐해봅니다. '감사합니다, 꼬마 스승님! 저도 저에게 먹히는 방법을 찾아보겠습니다.'

삶을 바꾼 만남이 있나요

마음공부를 왜 하냐고 묻는 사람들이 종종 있습니다. 그러면 저는 진정한 내가 누구인지 깨닫고, 자유로운 삶을 살고 싶어서라고 답합니다. 마음공부를 시작한 건 8년 전입니다. 2년여 동안 이어진 결혼 생활에 점을 찍은 뒤였지요. 비슷한 경험을 한 누구나 그렇겠지만, 한동안 무척이나 힘든 시간을 보냈습니다. 주변 사람들과 상황을 탓하고 원망했지요. 자주 슬펐고 그보다 더 고통스러웠습니다. 손에 잡히지 않는 수많은 이야기 속에 살면서 스스로에게 상처를 받고 다시 상처 내기를 반복했지요.

힘든 시간을 보내던 중, 회사 내에서 발생한 자살 사고로 인연을 맺었던 상담 센터의 상담사 선생님이 떠올랐습니다. 오랜만에 연락을 드려 그간의 근황을 묻고 이런저런 이야기를 나누었습니다. 그때 갈피를 못 잡고 방황하는 제 마음이 느껴졌는지 선생님이 자기 자신을 들여다보는 좋은 기회가 될 거라며 프로그램 하나를 권해주었습니다. 경남 양산에 있는 '사실학교'에서 진행하는 '나코스'였지요. '나'에 대한 앎에 눈떠 본래 지닌 힘을 회복하면 진실로 원하는 삶을 살 수 있다는 프로그램 설명을 접하니, 내가 누구인지, 어떻게 살아야 하는지 혼란스러웠던 저에게 딱 필요해 보였습니다. 내가 누군지 알고나 살자, 하는 마음으로 참여했지요.

사실학교에서 사흘간 이어진 나코스를 통해 저는 저에게 질문하고 저에게 답하기를 수없이 되풀이했습니다. 그러면서 진정한 나를 만나는 귀중한 시간을 경험했지요. 그때 코스를 이끌어준 안내자와도 귀한 인연을 맺었습니다. 제 인생에서 유일한 사람과의 만남. 그것은 '삶을 바꾼 만남'이었습니다. 마음공부를 안내하는 분들은 스스로를 '스승'으로 칭하지 않습니다. 우리 각자의 내면에 이미 존재하는 지혜의 눈을 통해서 스스로를 만나도록, 있는 그대로 비추는 거울 역할을 하면서 한 사람이 본래 자기 자신으로 돌아갈 수 있도록 질문을 던져주는 안내자일 뿐이라고 말씀하지요. 그래서 그분을 '스승님'이라고 부른 적은 없습니다. 혹시나 제가 '스승님'이라고 하면 그건 아니라고 손사래를 치실 분이지요. 그래도 제 마음속에서는 꼭 스승님이라고 칭하고 싶습니다. 제 가슴에 꺼지지 않는 호롱불을 전해주신 분이니까요.

상담을 하다 보면, 사는 게 힘들 때 누구에게나 딱 한 사람이 필요하다는 생각이 듭니다. 어쩌면 우리 인생 또한 나를 온전히 믿어주는 단 한 사람을 찾아 헤매는 여정 같기도 합니다. 그 한 사람은 가족이거나 오랜 친구일 때가 많지만, 때로 그들에게 가장 쉽게 기대하고 그래서 가장 깊이 상처받기도 하지요. 힘든 시간, 제게도 그 한 사람이 필요했습니다. 저는 답을 찾고 있었습니다. 묻고 싶었습니다. 왜 이렇게 된 건가요. 제가 무얼 잘못한 건가요. 저는 어떻게 살아야 하나요. 처음으로 세상에 혼자가 된 느낌으로 막막했습니다. 내 삶을 내가 책임져야 한다는, 그 당연한 홀로 됨이 두려웠습니다.

그때 그분은 들어주셨습니다. 어떠한 저의 모습도 판단 없이 바라봐주셨지요. 괜찮다고 말해주셨습니다. 저를 향해 몸과 마음을 기울여주셨습니다. 따스한 눈빛으로 한결같이 제 이야기를 들어주셨지요. 그분과 함께하는 시간을 통해 제가 깨달은 사실은, 한 존재가 한 존재를 살리는 데는 조건이 필요치 않다는 것입니다. 오직 내 앞에 있는 존재를 귀하게 여기고 사랑하는 마음 하나면 충분했지요.

그때 그분은 질문해주셨습니다. 답을 주기보다 스스로 답을 찾도록 질문해주셨지요. 스스로에게 물어볼 수 있도록 이끌고, 외면하고 있던 저 자신에게 다가가게 해주셨지요. 묻고 또 묻고, 그러다 울고 되묻고 다시 묻고, 울고 또 묻고. 그렇게 스스로 묻고 답하게 해주셨습니다. 그러자 내 안의 내가 스스로에게 말을 걸기 시작했습니다. 누군가에게 묻지 않고 스스로에게 묻고 답하는 본래의 감각이 열리기 시작했지요. 사랑의 시간. 질문의 시간. 돌아보면 그 시간이 제 인생에서 가장 따뜻한 시간이었습니다. 저는 조금씩 회복되었고 잘 살고 싶어졌습니다. 그 사랑에 보답하고자 이만큼 잘 살고 있습니다.

그리고 이제야 그 모든 이야기가 제 생각이었음이 보입니다. 이제야 그 시절 나를 둘러싸고 있던 사람들의 슬픔과 아픔과 눈물이, 미처 말하지 못한, 미처 듣지 못한 깊은 사랑이 보입니다. 그동안 외면했던 나를 받아들이는 과정을 거치며 저는 거리를 두고 저 자신을 바라보게 되었습니다. 그리고 진짜 나를 만날 수 있었지요. 꼬박 8년이 걸렸습니다.

살다가 '나'라는 개체적 자아에 갇혀서 답을 찾지 못할 때면 그분을 떠올립니다. 늘 따스하고 올곧게 그 자리에 있으면서 기준이 되어주는 분. 그분이라면 어떻게 했을까 짐작하며 그의 지혜에 기대어봅니다. 그러면 스승님은 빙그레 웃으며 조용히 답해주십니다.

"지금 가슴은 어때요? 가슴에 귀 기울여봐요."

저는 작지만 우주 같은 그 사랑으로 컴컴한 터널 같은 시절을 건너올 수 있었습니다. 온 마음으로 함께해준 단 한 사람의 존재가 있기에 여기까지 올 수 있었습니다. 이제는 제가 누군가에게 그런 존재가 되어주고 싶습니다.

내가 살아 있다는 느낌

두 해 전 '사과이모의 북클럽'을 시작했습니다. 혼자 시작했지만 사실 혼자 시작한 것은 아닙니다. 마음 공부 인연으로 만난 산타맘 황지원 대표가 자신이 운영하는 산타맘스쿨에 여러 가지 프로그램이 필요한데, 그중 온라인 독서모임을 운영해보면 어떻겠냐고 먼저 제안해주었지요. 고백하자면 저는 오래도록 책 읽기는 좋아했지만 독서모임에 나가서 누군가와 함께 책을 읽은 적은 없었습니다. 해본 적이 없다는 제 소심한 대답에 산타맘은 명쾌한 판정을 내리듯 이렇게 응원해주었지요. "그러면 해보면 되겠네요. 한두 달 해보고, 아니면 접으면 돼요. 그리고 제가 봤을 땐 딱이에요. 잘할 수 있을 것 같아요." 중이 제 머리 못 깎는다는 말은 얼마나 적확한 표현인지요. 내담자에게는 어떤 일이든 도전해보라고 권하면서 막상 저는 상담을 제외한 다른 어떤 새로운 영역에든 용기를 내어 뛰어들 궁리를 하지 않고 있었습니다.

사람이 모이긴 할까? 그런데 정말로 사람이 모이면 어떡하지? 걱정과 기대가 절반쯤 뒤섞인 채 시작한 북클럽은, 고백하자면 이제 제게 가장 가슴 뛰는 일 중 하나가 되었습니다. 저는 사과(북클럽 멤버들은 서로를 '사과'로 칭합니다)들과 함께 읽고 나누는 시간이 무척이나 좋고 행복합니다.

사과이모의 북클럽은 온라인을 통해 모임을 이어오고 있습니다. 매달 인문, 고전, 소설, 시, 산문, 심리학, 명상, 예술, 사회과학 등 다양한 분야의 책을 읽으며 함께 성장해왔지요. 명목상 제가 북클럽을 진행한다고 하지만, 사실 이것도 저 혼자 하는 것은 아닙니다. 서울, 경기, 인천, 대전, 청주, 전주, 군산, 정읍, 거제, 부산, 제주 등 그야말로 전국 방방곡곡에서 모여드는 사과들이 소곤소곤, 시끌벅적, 때론 웃고 때론 울며 따뜻한 마음을 나누기에 비로소 가능했던 일이니까요.

언젠가 한번은 그 달의 마지막 수업에 북클럽을 함께하고 있는 소감을 나누는 시간이 있었습니다. 각자에게 북클럽이 어떤 의미인지 궁금했지요. 그중 한 사과가 이렇게 말해주었습니다.

"처음에는 그냥, 책 한 권 같이 읽는 거지 뭐, 혼자 읽는 거보다야 낫겠지, 이렇게 가볍게 생각했어요. 그러다 서서히 이 시간이 참 소중하다는 생각이 들더라고요. 우리가 함께 서로의 이야기를 듣고 공감하는 순간이……, 뭐랄까, 아…… 내가 살아 있구나, 하는 느낌으로 다가왔어요. 그게 새로운 한 주를 살아가는 동력이 되더라고요."

놀라웠습니다. 함께 책을 읽는다는 행위가 '살아 있음'을 경험하게 해주는구나! 적어도 제가 옳은 방향으로 가고 있다는 안도감이 밀려왔습니다. 어설펐던 첫 시작도 그렇지만, 계속 모임을 이어가면서도 제가 잘하고 있는지 의문이 들곤 했습니다. 그런데 그날 흘러나온 이야기들이 제게 확신과 용기를 불어넣은 셈입니다. 이후에도 흔들릴 때마다 저를 붙잡아주는 북극성 같은 문장이 되었고요.

지금 이대로 살아 있음. 이것이야말로 제가 오랜 세월 좇아온 명제에 가깝습니다. 저는 우리 모두가 더 많이 살아 있으면 좋겠습니다. 살아 있다는 건, 생각하는 쪽보다 느끼는 쪽에 더 가깝습니다. 느낀다는 것은 곧 사랑한다는 말이지요. 그러니 결국 스스로를 더 사랑하면 좋겠다는 마음을 전하고 싶은 겁니다.

우리는 혼자 읽기보다 함께 읽을 때 더 자기 자신을 사랑하게 됩니다. 나를 둘러싼 타인들이 나의 거울이 되어주거든요. 거울에 비친 자기 자신을, 그동안 들여다보지 못했던 내 안의 나를 만나게 되지요. 타인의 관점에서 새롭게 들여다본 이야기를 편견 없이 들으며 나 자신과 내 주변 사람들을 이전보다 더 잘 이해할 수 있게 되지요.

삶은 분명히 어떤 이유를 가지고 우리에게 그 모습을 드러낸다는 생각이 듭니다. 제가 북클럽을 시작한 것도, 우리가 이곳에 모인 것도, 서로 다른 모습의 사과들이 이곳에서 자신의 아픔을 털어놓고 위로를 주고받는 것도, 어쩌면 거대한 삶의 계획 중 일부분일 겁니다. 이곳 북클럽에서 저의 역할은 아주 작습니다. 어쩌다 보니 운영자로서 가이드 역할을 하고 있지만, 그것도 이야기의 장을 만들고 각자의 가슴속 소리를 꺼내어 잘 들어주는 데 있을 뿐이죠. 조각 난 삶의 단면과 단면을 잇고, 그렇게 모인 작은 조각에서 단 한 스푼의 용기를 내어 다음의 한 주를 살아갈 힘을 얻게 하는 데 있을 뿐이지요. 저 또한 이 과정에서 저를 돌아보고, 또 사과들과 함께 지금 살아 있음을 경험할 뿐이지요. 작지만 귀한 이것들이 우리 삶의 이유가 되는 것입니다. 비록 우리가 의도하지 않았다고 하더라도 삶에는 이유가 있었던 것입니다.

북클럽을 시작하고 얼마나 책을 보았나 정리하며 세어보니 스물네 권 정도가 되네요. 두 권씩 수업했던 달도 있었으니 다음 달이면 2년은 꽉 채워지나 봅니다. 저는 책을 좋아하는 사람은 아니에요. 한 달에 한 권 쫓아가기도 힘든 사람입니다. 특히나 제 생각을 글로 쓰는 게 어려운 사람이기도 합니다. 책을 완독 못 했던 날도 있고, 독서노트를 조금밖에 작성하지 못한 날도 있었어요. 그러면 앉아 있기가 조금 죄송스러웠지만 북클럽 회원들 이야기를 듣고만 있어도 늘 오길 잘했다 싶은 생각이 들었어요. 올해도 시간이 후딱 가겠지요? 내년 1월에 다시 이런 글을 올렸으면 좋겠네요. 이 모든 게 사과이모의 북클럽 덕분입니다. 감사합니다. 저에게 나를 더 사랑하는 법을 알려주시고, 제가 소중하다는 걸 알게 해주셔서요.

한 해를 시작하는 1월, 또 다른 사과에게서 장문의 메시지가 도착했습니다. 메시지를 받고 지난 북클럽의 시간을 찬찬히 되돌아보았습니다. 꼬박 2년을 거의 빠짐없이 읽고 사유하고 독서노트를 쓰고 함께 나누었던 우리의 시간이, 한 존재가 스스로를 사랑하게 되는 귀한 여정이 되었다는 확신이 들며 마음속 깊은 곳에 기쁨이 차올랐습니다.

우리는 저마다 작지만 반짝이는 빛이었다는 생각을 해봅니다. 좋은 마음과 좋은 마음이 만나 하나로 흐르는 사랑의 시간. 앞으로도 부지런히 이 시간을 아끼며, 계속 읽고 다르게 생각하고 함께 나누면서 살아가야겠습니다. 이것이 제 삶의 한 모습임에 감사하는 마음으로요.

딱 너의 숨만큼만
있다 오거라

드디어 수영 강습을 받았습니다. 처음은 아니었지요. 열 살 무렵 두어 달 수영 강습을 받았던 기억이 있습니다. 물에 대한 두려움과 설렘이 교차하던 그즈음, 가족들과 함께 갔던 해수욕장에서 사람 두 명이 바다에 떠내려가는 것을 보았습니다. 큰 사건이었지요. 엄마는 그들이 저와 언니일 거라고 착각해 많이 놀랐고, 멀리서 놀고 있던 우리를 뒤늦게 찾아내고 한참을 우셨습니다. 물이란 무시무시한 거구나 하는 생각이 가슴에 새겨졌지요.

이후 물과는 별다른 관계없이 살아왔습니다. 친구들과 물놀이를 가도 발목까지만 담그고 몸 전체를 물에 담가 본 적은 없었지요. 언젠가는 수영을 배워야 하지 않겠나 막연히 생각했지만 용기가 나지 않았습니다. 해마다 마음만 먹고 시도하지 못했지요. 올해는 수영에 관한 제 마음속 성공의 기준치를 낮추었습니다. 동네 수영장에 등록하고(수영은 신규회원 등록 경쟁이 매우 치열합니다) 수영 용품을 구매한 후 첫 수업까지만 가면, 그것을 성공으로 쳐주기로 했지요. '강습비를 버려도 되고 수영복 남 주어도 된다. 그냥 수영장에 가자. 물에 몸을 다 넣어보자. 그거면 된다.' 불안감이 올라올 때마다 이렇게 되뇌었습니다.

두려운 일 앞에서 한 발자국도 내딛지 못할 때, 저는 성공의 기준을 낮추며 그 시간을 건너갑니다. 원래 바라는 것보다 다섯 계단쯤 낮추는 거예요. '잘'하는 것이 아니라 그냥 하기만 하면 성공인 걸로 쳐주는 것이지요. 그러면 힘이 빠지고 덜 긴장되더라고요. 무기력이 심할 때는, 오늘 살아서 숨 쉬고 있는 것 자체를 성공인 걸로 쳐준 적도 있습니다. 그러고 보면 우리 모두 죽지 않고 살아 있다는 사실 자체로 매일 성공하고 있는 것 아닐까요. 이번 수영도 한 달 강습 받기나 자유형 마스터를 성공의 기준으로 삼았다면 아마 시작하지 못했을 겁니다. 그냥 등록하고 첫 수업 가는 것을 성공으로 생각하니, 한 번 가보는 건 해볼 수 있겠다 싶더라고요. 가서 못 하겠으면 바로 나오면 되는 거니까요.

가슴이 쿵쾅거려서 우황청심환을 먹고 들어갈까 하다가, 그냥 수영장이 어떻게 생겼는지 보러 가는 거야, 하며 떨리는 가슴을 진정시켰습니다. 막상 수영장에 들어가니 어렸을 때 수영 강습을 받았던 장면이 떠오르며 생각보다 덜 떨리더라고요. 오전 타임 수영장은 할매들의 성지였습니다. 저

같은 귀염둥이(?)는 한 명도 없었지요. 선배들은 신입 회원을 퍽 반겨주었고, 수업 시작 전에는 다 같이 동그랗게 물속에서 손을 모아 잡고, "오늘 하루도 힘차게 파이팅!"을 외쳤습니다. 저도 엉겁결에 "파이팅" 했지요.

강사는 씩씩해 보이는 젊은 여성이었는데, 어릴 때 배운 것은 몸이 기억한다며 저에게 자유형을 해보라고 했습니다. 몇 번을 못 하겠다고 고개를 절레절레 젓는데 할매들이 자꾸만 할 수 있다고 눈을 찡긋하면서 박수를 보내주셨습니다. 결국 기억을 더듬어 시작해보았지요. 킥판을 붙잡고 (절대 물을 안 먹으려고) 고개를 꼿꼿이 세우고 다리를 힘껏 휘둘렀으나 역시나 금세 가라앉았지요. 그러기를 몇 번 반복하다가 이러지도 저러지도 못하고 수영장 중간에 오도카니 서 있었습니다. 강사가 그만 밖으로 나오라고 손짓했지요. 저는 아무도 없는 청소년 풀장으로 쫓겨났습니다.

결국 저는 고백했지요. "선생님, 저, 물에 대한 공포가 있어요." 강사가 제 눈을 바라보며 말했습니다. "괜찮아요. 완전히 처음부터 하나씩 같이 해볼게요. 서두를 것 없어요. 수영은 네 가지 영법밖에 없어요. 아무리 잘하고 빨리 해도 네 가지가 끝이에요. 그러니 천천히 숨 쉬는 것부터 시작하죠. 먼저 수영장을 걸어 다니면서 물을 느껴보세요. 팔과 다리에 물이 닿는 감촉을 느끼면서 걸어보세요." 햇병아리 대하듯 찬찬히 설명해주는 강사는 신입 사원 때 하늘 같아 보이던 대리님 같았습니다. 아무것도 할 줄 몰라 두근거리던 첫 직장생활이 떠올랐지요. 귀염둥이와 햇병아리의 감각이 생경하지만 싫지 않았습니다. 평소와는 다른 근육을 쓰며, 새로운 것을 습득하며, 첫 마음으로 돌아가보았지요.

물속을 거닐며 고요한 물소리에 귀 기울였습니다. 다리를 스치는 출렁임의 감각이 나쁘지 않았습니다. 괜찮아, 해치지 않아. 네 몸을 나에게 맡겨봐⋯⋯. 그렇게 물과 친해지는 시간을 가졌지요. 수업 말미에는 4초간 물속 호흡법인 음-파도 해보았습니다. 어렸을 때의 기억이 났지요. 그래 바로 이런 느낌이었어, 물속 바닥이 환하게 보이는 느낌. 그렇게 시간 가는 줄도 모르고 물속에 몸을 전부 담그고 있었지요. 성공한 줄도 모르고 성공하고 있었지요.

"잘하셨어요. 음-파 하는 거 제가 지켜봤는데, 오륙 초 물속에 있다가 나오시더라고요. 물에 대한 공포는 이제 생각 안 하셔도 돼요. 진짜 물에 대한 공포가 있는 분들은 얼굴이 하얗게 질리거나 심장이 날뛴다고 하시거든요. 다음 주 월요일에는 진도 조금 더 나갈게요. 주말 잘 쉬시고 월요일에 봬요."

강사님이 처음보다 살짝 친근하게 말했습니다. 와⋯⋯. 내가 잘 해냈구나! 저도 모르게 "네, 대리님"이라고 대답할 뻔했지요.

물에 대한 공포는 내 생각이었구나. 그렇게 오랜 생각

하나를 수영장에 두고 걸어 나왔습니다. 그동안 살면서 얼마나 많은 생각의 제약으로 내게 온 기회를 놓쳤을까 자문하니 마음이 복잡해졌습니다. 한편으론 앞으로 나를 억눌러온 몇몇 생각을 내려놓으면 더 자유롭게 다양한 경험을 하며 살아갈 수 있을 거라 기대하니 가슴이 두근거렸지요.

고희영 작가의 《엄마는 해녀입니다》라는 동화책에 이런 문장이 나옵니다. "오늘 하루도 욕심내지 말고 딱 너의 숨만큼만 있다 오거라." 할매 해녀가 딸 해녀에게 들려주는 말이지요. 지금 할 수 있는 만큼만 해보는 거예요. 잘하는 척, 괜찮은 척하지 말고 괜히 목표 높게 잡고 허우적대지 말고 지금 내가 가뿐하게 넘길 수 있는 정도까지만. 그렇게 잊고 있던 성공의 느낌을 경험해보는 겁니다. 성공이야! 잘했어! 너 오늘 백 점이야. 이렇게 스스로를 칭찬해주는 감각을 잊지 말았으면 합니다. 오늘은 오늘의 숨만큼, 지금은 지금의 숨만큼 가볍게 살아보려고 합니다.

눈치 보기보다
안아주기

　유년 시절, 저는 눈치 보기 대장이었습니다. 저보다 눈에 띄게 잘난 것이 많아 보였던 오빠와 언니의 틈바구니에서 부모님 눈에 띄는 것이 삶의 목표였지요. 주목받고 싶고 관심받고 싶은데 쉽지 않았습니다. "아, 네가 누구누구 동생이구나……" 이런 이야기만 들으며 자라왔지요. 저에 대한 기대가 낮다는 것이 가장 큰 고민이었습니다. 성적이 좋아져도 혹은 좀 떨어져도 그 사실이 부모님께 큰 충격을 주지는 않았습니다. 성적 때문에 크게 혼난 기억도 없지요. 어릴 때 제 꿈은 우습게도 첫째로 다시 태어나는 것이었습니다. 첫 번째로 태어나서 제일 많이 관심받고 사랑받고 싶었습니다. 태어난 순번을 참 많이 원망했지요.

　학창 시절에는 매 학년 만나는 선생님들에게, 일하면서는 상사에게 잘 보이기 위해 노력하며 살아왔습니다. 그들 눈에 들기 위해, 인정받기 위해 끝없이 눈치를 살폈지요.

영리한 고양이처럼 그들의 의중을 잘 간파하여 딱 맞는 타이밍에 원하는 것을 해냈습니다. 그때마다 받았던 관심과 인정, 칭찬은 달콤하고 행복했지요. 하지만 행복도 잠시뿐. 언제나 긴장하고 사람들을 살피는 저는, 매우 피로하고 가엾은 고양이였습니다.

마음공부를 하면서 깨달은 것은, 눈치를 주는 상대가 없다는 사실이었습니다. 나의 행위를 가장 엄격하게 바라보는 내가 있을 뿐임을 알아차렸지요. 이제는 눈치가 보이는 상황에서 먼저 나의 말과 행위를 살펴봅니다. 하려고 했는데 안 한 것은 없었는지, 말이 앞서지는 않았는지, 약속해놓고 피해 가려는 건 아닌지, 상대가 눈치채지 않게 살짝 뭉개고 있는 건 없는지. 마음이 복잡하고 괜히 눈치가 보이는 날은 고요히 앉아 지금의 내 상태를 찬찬히 들여다봅니다.

내가 나에게 정직하게 묻고 답하다 보면 의외로 쉽게 답이 나옵니다. 내가 어떤 부분에서 나를 못마땅해하고 있는지 알 수 있지요. 답이 나오면, 생각을 멈추고 그저 행합니다. 미루고 있던 일을 하고, 약속했던 것을 지키고, 사과해야 하면 사과하고. 그렇게 내가 할 일에 주의를 모아서 행동합니다. 내 주의가 지금의 나로 돌아오면, 지금 이 순간 나의 행위로 돌아오면, 눈치를 주는 대상과 눈치를 보는 내가 사라집니다. 결국 내 마음이 만들어낸 허상이었던 것이지요. 내가 보고 있습니다. 나의 모든 행위를 지켜보고 있는 사람은 다른 누군가가 아닌, 바로 나이지요. 내가 나에게 떳떳할 때 삶이 단순해집니다. 내가 나에게 정직할 때 삶이 가벼워집니다.

얼마 전, 자기 마음을 적어보는 질문 노트를 선물 받았습니다. 다양한 질문에 스스로 답변해보도록 꾸민 노트였지요. 그중 살날이 하루나 한 달밖에 남지 않았다면 무엇을 하겠냐는 질문이 있었습니다. 자주 보았던 질문이라 그냥 지나칠까 하다가, 새해도 시작되었으니 진지하게 작성해보자는 마음으로 펜을 들었습니다. 예전에는 그동안 못 했던 것들을 적기에 바빴습니다. 하려고 했는데 못 했던 것들, 사람들 눈치 보느라 시도하지 못했던 꿈들, 가까운 이들에게 미처 하지 못한 사랑 표현⋯⋯. 그런 것들은 차고 넘쳤습니다. 그러다 문득 가장 먼저 해야 할 일은 나 자신을 깊이 안아주기라는 생각이 들었습니다. 전인미답의 인생길. 단 하나도 같은 생이 없다는 것은, 그만큼 우리가 외롭고 고독하다는 뜻이지요. 혼자서만 갈 수 있는 인생길을 여기까지 잘 걸어왔구나, 하고 따뜻이 나를 안아주고 싶었습니다.

돌이켜보면 이전의 답은 모두 밖을 향해 있었습니다. 저는 늘 부족했고 미진했고 무언가를 더해야 했지요. 주변 사람들 눈치가 보였고, 남들과 비교했고, 사람들에게 잘 보이기 위해 고군분투했지요. 그런 제가 이제는 타인을 향한 주의를 멈추고, 내 안으로 향해보기로 합니다. 지금의 나를 더 깊이 안아주기로 합니다.

　이 생의 마지막이 온다면 저는 저 자신에게 예를 갖추고 싶습니다. 깊은 존중을 다해서 나에게 절하고 싶습니다. 귀하고 소중한 사람, 존경하는 어르신, 다시 뵙지 못할 분께 감사의 마음을 담아 절을 올리듯이. 문득 마지막까지 기다릴 필요가 없구나 알아차립니다. 내 생의 마지막이 언제일지 알 수 없기에 매 순간 나에게 예를 갖추며 나를 존중하고 사랑하며 살아야겠다고요.

내 앞의
당신에게

———————————

　　오랜만에 M과 만나기로 했습니다. 버스를 탈까 지하철을 탈까 고민하기에, 계절이 바뀌는 즈음은 버스를 타는 것이 좋다고 살짝 비밀처럼 알려주었지요.

　　우리는 한가로운 카페에 앉아 마주 보고 이야기를 나누었습니다. 저는 계절에 대해, 날씨에 대해, 가을에 대해 이야기했고, M은 다음 주 있을 프레젠테이션 이야기를 했습니다. 저는 M이 오는 길에 보았던 가을 풍경이 궁금했고, M은 오는 길 내내 다음 주에 예정된 미팅에 대해 생각한 것입니다.

　　어긋났습니다. 버스를 타고 오라고 일러준 제 마음이 무안해졌습니다. 버스를 타고 있던 M은 살아 있던 것일까요, 죽어 있던 것일까요. M은 왜 오늘 지금 여기가 아닌 다음 주를 살고 있는 것일까요.

　　한 지인이 유치원 선생님으로 일했을 때, 가끔씩 자기

반 풍경을 사진이나 영상으로 찍어서 보내준 적이 있습니다. 저는 그걸 볼 때마다 작은 사람들에게 속수무책으로 반해버리곤 했지요.

한번은 다섯 살 꽃들반에서 가을을 주제로 수업을 진행하는 장면을 보았습니다. 올망졸망 꽃들이 모여 있는 '꽃들반'이라니, 이름부터 벌써 기가 막힙니다. 열 명 남짓한 꼬마 천사들이 선생님이 펼쳐놓은 책을 바라봅니다. 결코 배우거나 흉내내거나 연습할 수 없는 무해한 까만색 눈동자를 반짝이면서요. 선생님이 질문합니다. "꽃들, 오늘은 가을에 대해서 나눠볼 거예요. 가을 하면 떠오르는 것에는 무엇이 있나요?" 질문이 끝나기가 무섭게 아이들은 엉덩이를 들썩이면서 있는 힘껏 손을 치켜듭니다. 장화 신은 고양이처럼 간절한 눈빛으로 선생님을 향해 손을 높이높이 흔듭니다. 어떤 개구쟁이는 발딱 일어나 앞차기하듯이 발을 들어 올리기도 합니다. 가을에 대해 할 말이 이렇게나 많다니 놀랍기도 하지요. 정답을 알아서 손 든 아이는 한 명도 없을 겁니다. 손 드는 것이 마냥 좋아서, 지금 떠오른 마음속 이야기를 마음껏 하고 싶어서겠지요.

꽃들반 아이들에겐 가을 하면 떠오르는 것들이 무척이나 많습니다. 할머니네 집, 형아, 똥, 별, 나무, 무지개……. 온갖 것들이 다 나옵니다. 그 순간 아이들 가슴속에서 흘러나온 그 모든 말이 정답이지요. 들썩이는 에너지에 제 가슴이 울렁울렁해졌습니다.

로버트 풀검은 《내가 정말 알아야 할 모든 것은 유치원에서 배웠다》라는 책에서 어떻게 살 것인가, 무엇을 할 것인가, 어떻게 존재할 것인가에 관한 모든 답을 유치원에서 배웠다고 말합니다. 풀검은 "그림동화책에서 여러분이 태어나서 처음 익힌 가장 의미 있는 낱말은 '이것 봐Look!'임을 기억하라"라고 말합니다. 당신은 어떤가요? 다섯 살 유치원생 꽃들처럼 매 순간 감탄하며 살고 있나요? "어머, 어머! 이것 좀 봐!" 하면서 자주 감동하고, 헤프게 웃고, 맨날 반하고, 많이 신기해하면서 살고 있나요? 생생하게 오늘 지금 여기를 살고 있나요?

작은 사람들이 지금 이 순간을 사는 모습을 보면서, 매 순간 삶을 산다는 것이 어떤 의미인지 생각해보았습니다. 삶을 산다는 건 어떤 것일까요? 누군가 부르면 "네" 하고 응답하는 것. 지금의 내 가슴을 잘 느끼고, 내 앞에 있는 존재의 눈을 바라보고 판단 없이 듣는 것. 상대의 말이 아닌 눈빛과 표정, 에너지를 느끼며 그와 깊이 연결되는 것. 매 순간 온몸의 감각을 동원해서 보고 듣고 맛보고 냄새 맡고 느끼는 것. 그런 것이 삶을 사는 것 아닐까요.

그러다 보면 자연스럽게 알아차리게 됩니다. 내가 살아 있다는 것, 지금 여기에 존재한다는 것, 이 단순한 진리가 전부라는 걸 말이지요. 그때 비로소 보고 있지만 보지 못했던 가을이 순식간에 내 앞에 펼쳐지고, 재잘대는 아이들의 웃음소리가 들립니다. 바람 속에 담긴 짙은 가을 향내가 코끝을 스칩니다. 지금 내 앞에 있는 당신, 지금 이 순간 내 삶의 목적인 당신을 섬세하게 느끼고 만지게 되지요.

지금 제 앞에 마주 앉아 다음 주 있을 미팅과 프레젠테이션을 걱정하는 M의 고달픔이 안타까운 건, 이 가을의 바람과 향기를 함께 느끼고 싶은 아쉬움 때문입니다. 빡빡하게 이어지는 일상에 지쳐 보이는 M에게 선물하고 싶습니다. 평범한 하루의 매 순간이 삶의 전부라는 걸 알아차리는 오늘, 자연이라는 이름의 예술가가 펼쳐낸 최고의 걸작, 이 가을을 당신에게 선물하고 싶습니다.

여름을
감각하며

사이토 하루미치의 《서로 다른 기념일》에는 청각 장애가 있는 부부가 소리를 들을 수 있는 청인 아이와 함께 살아가는 일상의 장면이 담겨 있습니다. 작가이자 사진가인 아빠가 쓴 책이지요. 언어도 감각도 표현법도 모두 다른 세 가족이 온몸으로 대화하는 장면이 따뜻하고 아름답게 다가왔습니다.

가장 기억에 남는 건 아빠와 아이가 마트에 간 장면입니다. 음악을 들을 수 없는 아빠와 달리 아이는 흘러나오는 리듬에 반응합니다. 흥겹게 신이 난다는 듯 몸을 이리저리 흔들지요. 아이가 평소와 다르게 행동하자 아빠는 어리둥절해합니다. 아이가 수어로 "음악, 있어!"라고 하자 아빠는 그제야 음악이 있었음을 알아차립니다. 이어 "아빠는, 음악, 몰라, 몰라"라는 아빠의 수어를 보고 아이는 잠시 침울해져서 꼼짝도 않고 고개만 숙이고 있지요. 그런 아이의 모습에 아빠는 당황합니다. 짧은 시간이 흐르고 아이가 먼저 음료수를 마시자고 말을 건넵니다.

집에 돌아가는 길, 아이는 음악을 듣지 못하는 아빠에게 "아빠, 엄마, 음악 안 들려, 괜찮아. 아빠, 카메라, 있어! 음악을 봐, 좋아해!"라고 말하지요. 음악을 듣지 못하는 사진가 아빠에게 괜찮다고, 아빠는 카메라로 음악을 본다고 말해주는 다정한 이쓰키. 지금쯤 이쓰키는 어떤 소녀로 자랐을까 떠올리며 울컥하고 대견하고 뭉클했지요.

'서로 다른 기념일'은 각자가 서로 다른 존재임을 경험하는 날을 기념일로 삼자는 뜻입니다. 마트에서 마주친 '다름'의 순간은 그들에게 무척이나 아름다운 서로 다른 기념일이 되었지요.

이 장면이 오래 기억나는 건, 부끄러움 때문입니다. 저는 그동안 음악을 듣지 못하는 사람이 있다는 것에 대해 한 번도 생각해본 적이 없었습니다. 그러다 이 책을 읽고 새삼 당연시하고 있던 듣기라는 행위에 대해, 듣는다는 감각에 대해 생각해보았지요.

이후 시각장애인 피아니스트 김예지와 나무 인문학자 고규홍이 함께 나무를 느끼는 여정을 담은 《슈베르트와 나무》를 읽으면서는 본다는 것의 의미에 대해서도 생각해보게 되었습니다. 김예지는 고규홍의 도움으로 이제껏 자신에게 위험한 장애물일 뿐이었던, 태어나 한 번도 본 적 없는 나무를 시각이 아닌 촉각, 청각, 후각을 통해 만나게 됩니다. 36년 만의 일이었지요. 저 역시 그들의 여정에 동행하며 그동안 눈으로만 보던 나무를 만지고 냄새 맡고 듣는 새로운 방식에 눈뜰 수 있었습니다. 세상에 다양한 삶이 존재한다는 걸 피아노를 통해 이야기하고 싶은 김예지는 "무언가를 만진다는 것은 그걸 사랑한다는 것"이라고 말합니다. 매일 나무로 만들어진 피아노를 만지던 그녀는, 이제 온 감각을 동원해 다양한 나무들을 만지며 세상과 소통하고 세상을 사랑하게 되었지요. 무더운 여름밤, 좁은 세상에 빠져 있던 편협한 제가 책을 통해 감각이라는 새로운 세계 너머를 본 듯해서 설렜습니다. 나이가 들수록 좁아져만 가는 세상이 조금은 넓고 깊어진 느낌이었지요.

눈이 보이지 않는 사람에게 여름은 어떻게 감각될까요? 소리가 들리지 않는 사람에게 여름은 어떤 느낌일까요? 냄새를 맡을 수 없는 사람에게 여름은 어떤 모습일까요? 시원한 아이스커피를 맛보지 않고 여름을 날 수 있을까요? 촉각을 잃은 사람은 이 뜨거운 여름이 어떻게 경험될까요?

헬렌 켈러는 자전적 에세이 《사흘만 볼 수 있다면》에서 자신이 대학총장이라면 눈을 어떻게 써야 하는지 배우는 필수과목을 만들겠다고 이야기합니다. 사람들에게 산에서 무엇을 보았냐고 물으면 대체로 이렇게 답한다고 합니다. "별거 없었어." 하지만 헬렌 켈러에겐 아름답고 놀라운 것들이 가득했지요. 바람의 옅은 쓰다듬음, 나무들이 흔들리는 소리, 나뭇잎 앞뒷면의 촉감, 지저귀는 풀벌레와 새들, 낮은 목소리를 내며 흐르는 계곡물, 짙은 초록색의 숲 향기……. 앞이 보이지 않는 헬렌 켈러도 온갖 것을 보는데 정작 우리는 별거 없다며 살아가지요. 그녀는 아마 가지지 않았을 때 비로소 가장 크게 가질 수 있는 풍요를 깨달았을 겁니다. 세상을 손으로 보고 손으로 들은 그녀의 '눈 사용법'은 어떤 과목이었을까요?

깊어가는 한여름의 공원을 거닐며, 눈이 보이고 귀가 들리고 냄새 맡을 수 있는 나는 이 여름을 어떻게 지나가고 있을까 생각해보았습니다. 가장 안쓰러운 사람은 오감을 가지고도 눈 감고 귀 막고 혼자만의 생각에 빠져 살아가는 내가 아닐까요. 나는 이 생에 생각하러 왔는지, 경험하고 감각하러 왔는지, 후회하고 미리 걱정하기를 원하는지, 지금 여기 내 앞에 펼쳐진 여름을 느끼기를 원하는지 물었습니다. 나라는 존재가 아직 경험하지 못한 경이로운 감각의 세계는 얼마나 무궁무진할까요. 이런저런 생각이 오가는 사이, 여름은 더 진하게 감각되었습니다.

매미 소리 가득한 긴 낮, 하늘에 뭉게뭉게 핀 흰 구름, 어쩐지 들뜨게 만드는 신나는 여름 음악, '덥다'라고 말할 때마다 벌금 내기 하자며 웃는 친구, 꽤 많이 모인 기분 좋은 천 원짜리 지폐 다발, 그 돈으로 마시는 시원한 에일 병맥

주, 뜨거운 태양 아래 강제 선탠을 당하는 꽃과 나무와 열매들, 풀벌레 소리, 여름밤의 끈적임을 느끼며 거니는 저녁 산책, 여름이 배경인 장편소설과 그 안에서 찾은 좋은 문장에 연필 긋는 소리, 귀가 쉬어 가는 고요한 여름밤…….

꾸벅꾸벅 졸다가 깊은 잠에 빠지는데, 꿈속에서 펑펑 눈이 내립니다. 눈이 시리도록 하얗게 하얗게. 여긴 어디지? 어, 삿포로인가? 아, 이거 꿈이지……. 꿈이 아니면 좋겠는데……. 눈 떠보니 눈범벅, 아니 땀범벅인 세상……. 창을 여니 쏟아져 들어오는 매미 소리.

다시 여름 아침이 시작되었습니다.

우리는 그때 거기에 있었을까

"선생님, 현재를 살아라, 지금 여기를 살아라, 이런 말 많이 하잖아요. 저는 지금 여기에 살고 싶은데, 그러면 금세 불안해져요. 뭐라도 해야 되는 거 아닌가 조급해지고요. 지금 여기에 있으려고 노력해도 그게 잘 안 돼요."

"그렇구나. 사실, 지금 여기에 있으려고 노력한다는 건 논리에 맞지 않는 말이야. 서울에 있으면서 서울에 가고 싶다는 말이 앞뒤가 안 맞는 것처럼. 우리는 항상 지금 여기에 존재하고 있어. 과거에도 그 순간은 지금 여기였고, 미래도 마찬가지고. 생각에 끌려다니느라 지금 여기를 제대로 살지 못하고 있을 뿐이지."

"저도 항상 과거에 대한 후회, 미래에 대한 걱정에 끌려다니느라 지금 여기에 있지 못하는 것 같아요. 선생님은 지금 여기를 사시는 것 같은데……."

"그럴 리가! 나도 생각에 끌려다닐 때가 많아. 예전과 다른 건, 생각임을 알아차리고 지금 여기로 돌아오는 힘이 생겼다는 거지. 예전에는 생각이 많고 자주 불안했어. 매일 내 생각으로 괴로워하며 수많은 성을 짓고 허물어뜨리기만 했지. 어느 날도 평소처럼 너무나 힘들게 느껴졌던 지난 시간과 나를 슬프게 한 많은 일을 하소연하듯 줄줄 늘어놓고 있는데, 잠자코 들어주시던 스승님께서 이런 질문을 하셨어.

'그때 거기에 있었어요?'

'네? 그럼요. 거기에 있었죠. 그럼 제가 어디 있었겠어요. 거기 있었어요……'

스승님은 빙그레 웃으며 다시 한 번 질문하셨어.

'지금 여기에 있어요?'

'……'

그 순간이 나한테는 벼락같았어. 가슴에 무언가가 쿵…… 하고 내려앉는 느낌. 세월이 흐른 후에, 스승님의 말씀을 머리가 아닌 가슴으로 깨닫고 나는 많이 울었어. 내가 괴로웠다고 생각했던 그 순간에, 내 몸이 있는 그곳에 내 마음이 있지 않았어. 삶의 주도권을 타인에게 내주고 눈치 보며 살았어. 그러면서 상황 탓, 남 탓을 했어. 그러다 결국 나를 제일 탓하고 미워했지. 늘 이 일을 하면서 다음 일을 생각했고, 내일이 걱정되어서 오늘을 살지 못했어. 스승님 앞에서 과거의 이야기를 거푸 늘어놓던 그 순간에도, 나는 그때의 '지금 여기'에 있지 않았던 거지. 과거의 이야기를 재구성하면서 슬퍼하고 고통스러워하고만 있었던 거야. 내 생각에 빠져서 그때의 소리와 향기, 촉감, 스승님과 함께한 가을 저녁 풍경 속에 나는 없었던 거지. 이제껏 내가 살아온 많은 시간이 그러했구나 하고 알게 되었어."

"저도 매일 남 눈치 보고 제 생각에 빠져서 살고 있는 것 같아요. 저는 생각이 자꾸 미래로 달려가요. 지금보다 더 나아져야 할 것 같고, 여기 말고 저기 다른 데로 가야 할 거 같고. 그런 마음이 자꾸 들어요."

"맞아. 나도 그랬어. 늘 어딘가로 가야 할 것 같은 방랑자의 마음. 마음공부를 하고 달라진 점은 지금 있는 여기가 내가 있어야 할 곳으로 느껴진다는 거야. 더 나아져야 할 미래가 있는 게 아니라 지금 여기에는 아무 문제가 없다는 사실을 깨닫고, 본래부터 가지고 있던 행복에 눈뜬 거지. 파랑새를 찾아 떠났지만 돌아와보니 내 집에 파랑새가 있었던 것처럼.

나는 이십 대에 세계 곳곳으로 배낭여행을 다녔어. 자꾸만 어딘가로 떠났어. 사는 공간과 지역도 자주 바꾼 편이고. 지금 여기가 아니라 저기 어디 다른 곳에 편안하고 안정적으로 정착할 곳이 있을 거라고, 지금 여기는 임시로 있는 곳이라고 믿었어. 그래서 늘 이사를 해도 집에 못 하나 안 박고 살았어. 내 집은 아니니까, 나는 곧 떠날 거니까. 내 집이 생기면 그때 하고 싶은 걸 하자고 생각했어. 지금 내가 살고 있는 곳에 안락한 공간을 만들면 되는데, 다 미루고 살았더라고. 생각해보니 안쓰러웠어. 그동안 지금 여기에 마음을 못 붙였구나. 누가 그러라고 시킨 것도 아닌데 혼자 허공에 떠 있었구나 싶었지."

"선생님 말씀 들으니까 저도 비슷한 마음인 것 같아요. 늘 여기가 아니라 어딘가 다른 곳에 뭔가 있을 것 같은 마음이요. 저는 또 어릴 때부터 어딘가에 나를 구해줄 어떤 존재가 있을 거라는 막연한 기대감이 있었어요. 은연중에 그런 사람을 찾아 헤매는 것 같아요."

"그랬구나. 그 마음도 공감이 돼. 많은 사람들이 자기를 지켜주고 구해줄 등불 같은 존재를 기다리는 마음을 간직하고 있는 것 같아. 나도 그랬거든. 내가 자랄 때 문학소녀들은 두 가지 파로 나뉘었거든. '빨강 머리 앤' 파와 '키다리 아저씨' 파. 둘 다 불우한 환경에서 자랐지만 명랑하고 상상력이 풍부한 캐릭터잖아. 많은 소녀들이 앤과 쥬디가 되어서 무한 상상의 나래를 펼치곤 했지. 나는 편지 쓰는 게 취미여서 자연스럽게 쥬디와 나를 동일시했고, 늘 어딘가에 나만의 키다리 아저씨가 존재할 거라고 믿었어. 최근까지도 그런 마음은 옅게나마 이어졌던 것 같아."

"와, 선생님도 그러셨구나. 내가 아닌 누군가가 나를 구해줄 것이라는 환상. 그게 환상인 걸 알면서도 계속 붙잡고 내려놓지 못하는 것 같아요. 누군가가 나타나야 내 삶이 완성될 것 같은 기대감 같은 게 있어요. 그런 것도 지금 여기를 살지 못하는 것과 관련이 있을까요?"

"그렇지 않을까? 누군가를 기다린다는 건, 지금의 나로 사는 건 부족하다고 생각하는 거잖아. 지금 여기의 내 모습에 만족하지 못하는 거지. 나는 누군가에게 의지해야 하고, 그 사람을 만나야 내가 완성되는 존재라고 생각하는 거니까."

"그렇지만 누군가를 만나고 싶은 마음이 생기는 건 당연한 거 아닌가요? 사랑하는 사람을 만날 필요가 없다는 거예요?"

"누군가와 함께하고 싶은 마음은 자연스러운 거야. 사랑하는 사람을 만나면 진심으로 사랑해야지. 서로의 성장을 응원하면서. 다만 나를 완성시켜줄 누군가를 기다리는 마음은 내려놓는 편이 좋지 않을까. 가족이든 사랑하는 사람이든 서로 도움을 줄 순 있지만 내 삶을 책임져줄 순 없잖아. 삶이라는 여정은 홀로 걸어가야 하잖아. 어릴 때, 키다리 아저씨를 꿈꿨던 가장 큰 이유는 누군가 나를 소중한 존재로 지켜봐주길 바라서야. 키다리 아저씨가 쥬디에게 가끔씩 편지와 용돈, 선물을 보내주거든. 특별한 날은 꽃다발을 보내주고. 이제 나는 내가 나를 귀하게 여기면서, 적절한 칭찬과 보상을 해주면서 살아보려고 해. 나를 완성시켜줄 키다리 아저씨는 존재하지 않는다는 걸 인정하고 나니 아쉽기도 한데 한편으로 마음이 가볍기도 하더라. 그걸 받아들일 때 비로소 진정한 '나'로 바로 설 수 있는 것 같아. 어디를 가지 않고도, 누군가 채워주지 않아도, 지금 여기에서 있는 그대로의 나를 허용하고 사랑하며 나를 잘 데리고 살아보려고."

"저도요. 저도 저를 데리고 잘 살아볼래요! 내가 있는 이곳에서 지금 여기를 잘 느끼며 나를 소중하게 대하며 살면 되는 거네요. 이제 어디 안 가도 될 것 같아요. 함께여도, 혼자여도 괜찮을 것 같아요."

"지금 가슴은 어때? 여전히 불안해?"

"아니요. 편안해요. 짐을 내려놓은 느낌이에요. 지금 이대로 제가 편하고 좋아요."

"지금 여기, 진짜 네 집으로 돌아온 걸 축하해."

열매가 익도록
내버려 두어라

한 달간 제주에 머무르고 있습니다. 아침 산책길, 돌담 너머에 귤나무가 한창입니다. 길가에 떨어져 있는 것을 하나 주워서 까먹어보았지요. "아이코, 시다. 아직은 때가 아닌가?" 혼잣말을 하며 둘러보니 아직 푸릇한 아이들이 제법 보입니다. "열매가 익도록 내버려 두어라." 어디선가 들은 이 말이 문득 떠올랐습니다. 늘 열매가 익을 때까지 기다리지 못하고 조바심 내는 나에게 귤신이 해주는 말인가, 라는 생각이 들었지요.

나무는 눈에 보이지 않을 뿐, 단 한 순간도 멈추지 않고 성장하고 있습니다. 태양과 바람과 공기와 달과 별과 눈과 비와 대기의 온갖 미생물들과 교류하면서요. 때가 되면, 인연이 되면, 열매는 익기 마련이지요. 자연은 서두르지 않습니다. 환경을 탓하지도 않지요. 그저 피어날 뿐입니다. 시멘트 바닥 틈새에서 자라난 식물에게 "왜 하필 여기서 피어났니?"라고 물어보아도 대단한 답을 듣지는 못할 겁니다. 그저 이렇게 말하겠지요. "씨앗이 여기 있었으니까요."

얼마 전 다큐멘터리를 보는데 귀농을 결심하고 시골에 내려와 혼자 수많은 과일나무를 키우는 사람이 나왔습니다. 그가 이렇게 말한 것이 오래 기억에 남았습니다. "제가 씨앗을 이곳에 놓긴 했지요. 그 후로는 다 같이 키웠지요. 물, 바람, 곤충…… 저절로 돋아나는 것 같지만 저절로라니요. 다 같이 키운 나무예요. 제 것은 아니지요." 그때 그런 생각이 들었습니다. '우리도 다 같이 서로를 자라게 하고 있는 것이 아닐까?' 가볍게 눈인사를 하며 지나치는 동네 주민, 맞은편 차선에서 안전하게 운전해준 사람, "사랑합니다, 고객님" 하고 맞이해주는 친절한 고객 센터 직원, 길가의 작은 고양이, 덤으로 과일 하나 더 얹어주는 과일가게 아저씨, 기분 좋은 가을바람, 엘리베이터를 잡고 기다려준 중학생 친구…… 제가 알거나 모르는 모든 소중한 인연 덕분에 '나'라는 존재가 자라나고 있는 것이 아닐까요.

돌아보면 소중한 사람과의 인연도 무수한 사람과 상황, 사건이 존재해야 가능했습니다. 제가 상담을 하게 된 것도 상담사 선생님과의 인연 덕분이었지요. 처음에는 그분과의 인연이 참 소중하다는 정도로만 여겼지요. 곰곰이 생각해보니 그 인연에는 선생님 한 사람과의 만남만 작용한 게 아니었다는 걸 깨닫고 놀랐습니다. 인사팀에 근무할 때 선생님을 만났습니다. 선생님은 회사 내 자살사고가 있어서 급하게 찾아본 상담 센터의 기업 담당 상담사였지요. 그 선생님을 만나기 전 다른 누군가 스스로 생을 마감했고, 그의 가족과 동료들이 힘든 시간을 보내야 했습니다. 수많은 사람과 슬픔과 사랑의 마음들. 그 모든 인연이 이어져 선생님과 만난 것이었지요. 온 우주가 차곡차곡 자기 자리를 살아가는 것으로 한 사람이 한 사람과 인연을 맺은 것이었지요.

한 사람이 아니라 모두의 삶이 있었기에 지금의 제가 존재하는 거라는 생각이 드니 주어진 모든 것에 깊이 감사하게 됩니다. 어떤 의미에서 이 삶은 저의 삶이 아니지요. 한 편의 연극이 주인공만의 것이 아니듯, 한 사람의 삶이면서 모두의 삶이지요. 고요히 요동치며 눈부시게 서로 연결되어 있지요.

그러니 공손하게 제게 온 인연을 맞이합니다. 그 인연 뒤에서 은은한 배경처럼 성실하게 살고 있는 수많은 존재에 감사드리는 마음으로 지금 내 앞의 인연을 소중히 대하며 살아갑니다.

예전에는 눈에 보이지 않는 어떤 힘이 있을 거라 믿고 막연하게, 때론 불안하게 인연에 기대며 살아갔지요. 이제는 지금 내 눈앞을, 내 발밑을 봅니다. 지금 나에게 주어진 삶과 나에게 펼쳐진 현실을 신뢰하지요. 바라던 인연이 오지 않는다면 지금은 오지 않음을 경험해야 한다고 인정합니다. 지금 주어진 현실을 살며 열매가 익어 떨어질 때를 기다리지요. 할 수 있는 만큼 노력은 하지만 과하게 애쓰지 않습니다. 덜 익은 귤이 제대로 된 맛과 향을 내지 못하듯이, 억지로 이어 붙인 인연은 늘 그만큼만으로 수명을 다하곤 하니까요. 때가 되면, 인연이 되면, 열매는 자연스럽게 익기 마련이지요.

11월은 본격적으로 귤을 수확하는 시기입니다. 맛 좋은 귤을 만나려면 지금부터 한두 주쯤은 더 기다려야 합니다. 귤나무 혼자서는 그 노오란 금빛 열매를 주렁주렁 매달 수 없는 법. 수많은 손길이 나무를 어루만져주어야겠지요. 오며 가는 많은 이들이 기특하게 바라봐줘야겠지요. 그렇게 제 눈길도 한 스푼 보태면, 귤 하나가 입안 가득 단맛을 풍기며 저를 행복하게 해주겠지요. 제주에 좀 더 머물러야겠습니다.

모임에서
자리 비우지 말 것

학창 시절 만난 친구 일곱 명과 어울리며 친하게 지냈습니다. 그중에서 유독 한 명이 그렇게 나서는 거예요. 여러 명 있으면 꼭 그런 애 있잖아요. 영 마음에 들지 않고 거슬리더라고요.

'뭐 자기가 리더야? 왜 저렇게 나대는 건데?' 제 마음속에 이런 속삭임이 자주 들려왔습니다. 항상 그랬던 건 아니지만 가끔씩 그 친구가 못마땅했고(약간 꼴불견이기도 하고요), 한편으론 그러고 있는 제가 좀 별로인 것 같더라고요. 어떤 마음인지 딱 잡아낼 수는 없는데 설명하기 어려운 복잡한 감정이랄까요? 에잇, 이 구질구질한 마음, 이거 뭐지, 그랬지요.

그러던 중 우연히 그 친구가 모임에 나오지 않은 날이 있었습니다. 모임에서 그 친구의 안부를 서로 묻다가 자연스럽게 그의 '나서는 면'에 대해서도 이야기하게 되었지요. 놀라운 건 모두가 친구의 그런 모습을 내켜하지 않을 거라는 제 생각이 보기 좋게 빗나갔다는 겁니다. 저를 포함한 세 명은 그런 게 못마땅하다고 했고, 두 명은 그렇게 이끌어주니 오히려 편하고 좋다고 했습니다. 나머지 한 명은 "그 친구가 그런가" 하고 별 관심 없는 듯이 말했지요.

그 경험이 제겐 놀라웠습니다. 시간이 지나 심리학을 공부하면서 그것이 내 안의 것을 상대에게 던지는 '투사'라는 것을 알게 되었지요. 투사란 자기 자신에 의해서 받아들여질 수 없는 욕망이나 동기가 타인에게 귀속되는 것을 가리키는 방어기제의 일종입니다. 어떤 경험을 하는 것은 그것이 내 안에 이미지나 영상 같은 형태로 존재하고 있기 때문입니다. 마치 태어나서 한 번도 하늘에서 내리는 눈을 본 적이 없는 아프리카 사람이 눈을 그릴 수도, 떠올릴 수도, 상상할 수도, 경험할 수도 없는 것과 같은 이치입니다. 눈이 무엇인지 아는 사람만이 눈을 경험할 수 있지요. 자신 안에 나대고 싶은 마음이 있는 사람만이 상대를 통해 나대고 싶은 마음을 경험합니다. 결국 그의 것이 아니라 나의 것이라는 뜻이지요. 그를 손가락질하는 손가락을 내 안으로 돌려야 하는 것이지요.

'내 안에 그런 마음이 있다고!? MBTI 검사를 해도 내향형이 나오던데……. 내 안에 사람들 앞에 나서고 싶은 마음이 있다고?' 처음엔 좀 놀랐지요. 하지만 '내 안에 사람들을 이끌고 싶은 마음이 있구나. 그 친구를 통해서 그걸 보게 되었던 거구나' 하고 나의 욕구를 인정하고 나니 가벼워지는 느낌이 들더라고요. 그 친구에 대한 못마땅한 감정도 단숨에 사라진 건 아니지만 서서히 사라졌습니다.

대략 원리가 뭔지 알고 나니 만나는 사람들에 대한 부정적인 감정에 크게 동요하지는 않게 되었습니다. 물론 눈살을 찌푸리며 '헐, 저런 게 내 안에 있다고?' 하고 고개를 절레절레하며 인정하고 싶지 않을 때도 있습니다. 사실 아직도 그럴 때가 많지요. 너무 인정하기 싫을 때는, 저 사람의 저 모습과 똑같은 모양과 크기는 아니지만 그래도 저런 유의 감정이 내 안에 조금 있는 거구나, 하고 생각해봅니다. 내 거는 당신 것만큼은 아니고 작고 미미하다고 우기고 싶은 유치한 마음이랄까요.

내 안의 울퉁불퉁하고 못생기고 치사하고 계산적이고 의심 많고 두려움 많고 불안해하고 나서고 싶고 인정받고 싶고 뽐내고 싶고 의지하고 싶고 도망치고 싶은……, 그 수많은 외면하고 싶은 모습을 내 앞의 존재를 통해 만나며 살아갑니다. 그러니 내가 만나는 모든 사람은 나를 비춰주는 거울입니다. 그가 없이 나를 만날 수 없으니 참으로 소중한 거울이지요. 그 친구 덕분에 귀한 깨달음을 얻었으니 감사해야겠죠? 역시 모임에는 빠지지 말아야겠구나, 라는 깨달음도 덤으로 얻었으니 그 역시 감사한 일입니다.

남극에서 온
편지

"Scientist04에게서 메일이 도착했습니다"라는 알림에 얼른 노트북을 열어 메일을 클릭했습니다. 보고 싶은 친구 L로부터 온 소식이었죠. 남극의 과학자들은 남극에서 지내는 동안 사용할 이메일 주소 하나를 받는다고 합니다. L은 네 번째 과학자라는 주소로 2개월간 세상과 소통한다고 해요. 메일에는 L의 아이가 꾼 꿈에 관해 적혀 있었습니다.

"아이가 자꾸 같은 꿈을 꾼대. 우리 아파트 뒤에 자주 가는 뒷동산이 있거든. 거기에서 보물이 가득 있는 곳을 봤다는 거야. 거기에 가보자는 거야. 몇 번을 연달아 꿈을 꿀수록 더 그럴듯해지고 선명해지는 아이의 꿈. 나도 거기가 어디쯤인지 눈짐작이 되는 거야. 정말 가봐야 하나, 정말 보물이 있으면 어쩌나, 싱거운 상상을 했지.

어느 날은 내심 기대하는 마음으로 진지하게 거기 진짜 보물이 있냐고 물어봤어. 아이가 눈을 반짝이며 말했어. 거기 보석이 가득 있으니까 빨리 가보자고. 그거 있으면 엄마 돈 안 벌어도 되지 않냐고. 할머니가 엄마는 돈 벌어야 한다고 했는데, 그거 있으면 엄마 일 안 가도 되는 거 아니냐고. 갑자기 한 대 맞은 느낌이 이런 걸까? 인생이란 뭘까? 나 이대로 살아도 될까? 잘 살고 있는 걸까?"

과학자들은 원래 메일도 이렇게 사실적으로 쓰는 건지, 바로 답장을 보내려다 한참 동안 L의 마음이 잘 만져지지 않아 자판에서 손을 떼고 오랜만에 고등학교 때 같이 썼던 교환일기를 들춰봤습니다. 이과인 데다 이성적이었던 L과 문학소녀였던 저. 지금 생각해봐도 교환일기를 쓰기에는 신기한 조합이었습니다. 우리의 수많은 꿈과 방황, 고민으로 빼곡히 채워진 이야기들이 여전히 거기 있었습니다. 릴케의 시를 읽고 전혜린의 슈바빙 구역을 상상하던 저는 글 쓰는 사람이 되고 싶다고 했고, 공부를 잘하던 L은 별다른 꿈이 없다고 했죠. 책은 제가 다 읽는데, 언어영역에서마저 L의 점수가 저보다 잘 나와서 얼마나 분개했던지요! 그런 L은 한 번도 멈추지 않고 기다랗게 공부했고, 세상의 저 끝으로 날아가 지구온난화 같은 것에 대해 연구하는 훌륭한 사람이 되어 있었습니다.

최근에 파울로 코엘료의 《브리다》라는 책을 읽었습니다. 작가는 사람들이 각자 자기 삶에서 두 가지 태도를 취할 수 있다고 말합니다. 건물을 세우거나 혹은 정원을 일구거나. 건물을 세우는 사람들은 세월이 걸려 그 일을 끝내는 순간, 자신이 쌓아 올린 벽 안에 갇히고, 삶의 의미를 잃게 되죠. 반면, 정원을 일구는 사람들은 끊임없이 변화하는 계절에 맞서 고생하느라 쉴 틈이 없지만 성장을 멈추지 않습니다. 작가는 이렇게 덧붙입니다.

"정원을 일구는 사람들은 서로를 알아봅니다. 그들은 알고 있기 때문입니다. 식물 한 포기 한 포기의 역사 속에 온 세상의 성장이 깃들어 있음을."

저는 이 부분을 읽으며 L을 떠올렸습니다. 코로나로 인해 세계가 멈추었을 때도 남극으로 날아갔던 L을. 남극으로 넘어가는 마지막 지점, 뉴질랜드 크라이스트처치에서 일행 중 코로나 확진자가 생겨 어떤 호텔에 2주간 갇혔던 L을. 그때 우리가 긴 시간 온라인 줌을 통해 나눈 이야기들을.

생각해보면 저는 늘 L이 자랑스러웠습니다. 어려운 공부를 쓱쓱 해내는 것도, 남극을 친척집 드나들듯 하는 것도, L이 제 친구인 것도 자랑스러웠지요. 세계가 일시정지한 앞날이 캄캄한 순간에도 L 덕분에 저는 눈에 보이지 않지만 엄연한 질서가 존재한다는 걸 알게 되었습니다. 사람들은 각자 자신이 해야 할 일을 하며 다 같이 지구라는 행성을 돌리고 있다는 걸, 손에 잡히는 결과를 바로 기대할 수 없을지라도 누군가는 뜨거운 지구를 살리기 위해 온 마음을 다해 시간을 쏟고 있다는 걸 깨달았지요. 그러니까 L은 지구라는 정원을 돌보는 사람이었던 겁니다.

다시 노트북 앞으로 돌아온 저는 L에게 마음을 꼭꼭 눌러 담은 답장을 완성했습니다.

"……인생에 정답은 없는 거 같아. 인생이란 뭐랄까, 한 단어로는 담아내기 힘든, 운명이랄까, 혹은 인연이랄까, 그런 것에 의해 흘러가는 것도 같아. 눈 떠보니 회전목마 타고 유유자적 사는 사람이 있는가 하면, 롤러코스터 타고 정신없이 사는 사람도 있고, 신드바드의 모험 같은 삶을 사는 사람도 더러 있고. 나는 왜 이런 거 타냐고, 쟤가 타는 게 좋아 보인다고 말해도 소용없다는 걸 나이가 들면서 점점 깨닫게 되지. 우리가 할 일은 단 하나, 내게 주어진 이 삶을 받아들이는 것뿐이라고 말이야. 그러니까 너는 눈 떠보니 펭귄 나라를 탐험하는 과학자의 삶을 사는 거지.

지구를 지키는 마음으로 정원을 일구며 살아가보자. 식물 한 포기처럼 흐름에 몸을 맡기면서. 나 역시 식물과 같은 생명체임을, 내가 살아 숨 쉬는 생명이듯 세상 모두가 그러하다는 것을 잊지 않으면서. 곁에 있는 생명들에 사랑과 관심을 기울이면서. 나라는 식물 한 포기를 잘 가꾸는 일이 온 세상의 성장에 관여되어 있음을 신뢰하면서. 지금 내 앞에 펼쳐진 현실을 긍정하며 살아보자.

펭귄한테 엄마를 뺏겨서 서러운 공주님 꿈에는 사과이모가 들러볼게. 새끼 업고 북극으로 이동하는 혹등고래들한테 부탁해서 다 같이 신나게 놀아볼게."

Scientist04에게 메일이 발송되었습니다.

제주를
사랑한다는 건

지난가을, 한 달간 제주에 머물렀습니다. 그러면서 제주 서귀포 예술단체들과 함께 일할 기회가 있었습니다. 이음새, 마음빛그리미, 넙빌레프로젝트 등 제주 위미 지역 세 개 예술단체가 "위미리 할머니들은 긴 세월 어떻게 살아오셨을까?"라는 질문 아래 구술 채록, 의복 전시, 무용 공연을 합동으로 기획했는데, 저는 그중에서 넙빌레프로젝트와 함께 〈살면 살아지쿠다〉라는 무용 공연 사회를 보게 되었죠.

제주 바다가 눈앞에 넘실대는 넙빌레하우스 야외 무대에서 펼쳐진 〈살면 살아지쿠다〉는 할머니들과 안무가들이 할망들의 삶 이야기를 한국무용, 현대무용, 탱고, 힐링댄스 등 다양한 춤으로 표현해낸 작품이었습니다. 안무가들과 함께 자신의 무대를 두려움 없이 펼쳐내는 할머니들의 모습이 인상 깊었지요. 어떻게 이런 용기를 내셨을까. 어떤 마음으로 춤을 추고 계실까. 진정한 아름다움이란 이런 것이 아닐까. 무대가 이어질 때마다 여러 생각에 가슴 가득 충만감이 느껴졌습니다. 저는 '시'만큼이나 '춤'을 사랑합니다. 춤을 사랑하는 이유는 말하지 않고 느낄 수 있어서지요. 말소리가 담기면 우리는 말에 주의를 빼앗깁니다. 말 대신 조용히 쓰다듬는 춤은, 몸으로 쓰는 시 같지요. 춤을 보고 있노라면 마음과 마음이 연결되어 온전히 지금 여기에서 가슴으로 느끼는 순간이 찾아오지요.

〈살면 살아지쿠다〉 공연 중에서 가장 깊은 인상을 남긴 무대는 정보금 안무가가 연출한 '심심댄스'입니다. 마음 심心과 살필 심審, 즉 내 마음을 살핀다는 뜻으로 기획한 위로와 힐링의 시간. 안무가가 천천히 몸을 움직이며 할머니를 이끌자, 할머니는 자석에 끌리듯 안무가와 하나 되어 춤을 추었습니다. 잔잔한 음악 위를 천천히 유영하듯 아주 느린 움직임 덕분에 관객들은 맞닿은 두 사람의 손에서 시선을 뗄 수 없었지요. 안무가의 하얗고 작은 손과 달리, 할머니의 손은 울퉁불퉁 검붉고 투박했습니다. 손의 마디마디가 틀어지고 휘어져서 보는 것만으로 마음이 아팠지요. 아무리 힘들어도 물속에서 숨 참듯이 버텨온 60여 년의 시간이 고스란히 새겨진 할머니의 손을 바라보며 많은 관객들이 눈물을 흘렸습니다.

사회를 준비하던 중 공연 기획자와 안무가들에게 전해

들은 할머니들의 이야기가 오래 기억에 남습니다.

"1초도 안 아픈 순간이 없어. 꿈이 뭔지 기억이 안 나. 내가 물질해야 우리 집이 먹고사니까. 60년 했어. 그냥 버티는 거야. 죽기 아니면 살기로. 낮에 물질허고, 시간 나면 산에 가서 나무하고 밭에 가서 일하고 아이들 키우고. 숨 참듯이 그저 참는 거지. 사는 게 너무너무 힘들었어."

겉보기에 아름답기만 한 제주에서 죽도록 힘든 삶을 살아낸 할망들의 이야기는 상상 이상이었지요.

이곳이 아름다운 제주가 되기까지 수많은 이야기들이 있었을 겁니다. 한평생 해녀로 물질하며 척박한 삶을 버텨낸 누군가의 이야기도 있고, 제주 4·3사건처럼 사람이 사람에게 희망이기도 동시에 절망이기도 했던 아픈 이야기도 있지요. 어떤 이야기는 끝이 나고, 어떤 이야기는 여전히 그 끝을 맺지 못한 채 이어지고 있겠지요. 그러니 누군가는 기록하고 춤을 추고 그림을 그리고 노래해야 합니다. 개개인의 숭고한 삶이 휘발되지 않도록 더 관심을 기울이고 귀를 열어야 하지요. 고개를 돌리고 몸을 기울여 들어보는 것, 궁금해하며 알고자 하는 마음. 그것이 진정한 사랑이 아닐까 합니다. 풍광 좋은 곳, 유명한 맛집, 노을이 좋은 카페 리스트를 많이 알고 있다고, 제주에 대해 다 알고 있는 것처럼 으스댔던 제 모습이 몹시 부끄러워졌습니다.

문득 한 사람이 죽으면 도서관 하나가 소실된다고 한

고대 키쿠유족의 속담이 떠오릅니다. 제주를 사랑한다는 건, 제주의 이야기를 듣는 것이 아닐까요. 가슴에 서늘한 바람이 붑니다.

내가 일으킨
전쟁

제주의 게스트하우스. 네 명의 여행객들과 함께 머물던 어느 밤, 저는 이층 침대의 윗칸에 뻗어 있었습니다. 낮에 했던 해녀 체험이 문제였습니다. 수영도 잘 못하면서 전복을 캐겠다는 야망을 품고 물로 뛰어들었지요. 야망은 제대로 망해버렸습니다. 몸에 잔뜩 힘을 주고 허우적거렸더니 저녁이 되자 온몸이 녹아 흘러내리기라도 하는 것처럼 기진맥진했습니다. 밤 열두 시가 넘은 시각, 통증이 찾아오기 시작했습니다. 욱신욱신, 뒤척뒤척. 어느 순간 쓰나미처럼 밀려오는 통증에 저는 두렵고 무서워졌지요. 이층 침대이다 보니 층고가 낮아 일어설 수도 없었습니다. 몸을 공처럼 말기도 하고, 무릎을 꿇었다가 누웠다가 다시 옆으로 누워보기도 하고, 안간힘을 다해서 고통에서 벗어나고자 노력했습니다. 30분 이상 온 감각을 동원해 고통에 저항했습니다. 밤이 늦어 모두 잠든 시각인데 저 때문에 사람들을 깨울 수 없다는 최소한의 의지도 팽팽하게 긴장을 더하게 했지요. 지금 이 순간 제 고통을 멈추게 해주는 약이 있다면 천금을 주고라도 바꿀 수 있으리라 생각했습니다. 그 정도로 절실했지요. 하지만 어떤 자세를 취해도 고통은 덜어지지 않았습니다.

온 힘을 써가며 뒹굴다가 문득 깨달았지요. 아, 어떻게 해도 안 되는구나. 어떻게 해도 이 고통은 계속 여기 있겠구나. 이 고통을 상대할 수 없구나……. 그 순간, 몸에 스르륵 힘이 빠졌습니다. 큰대자로 누워 "아, 몰라. 이제 더는 못 해" 라고 중얼거리며 있는 그대로 제게 밀려오는 고통을 받아들였습니다. 완전한 항복이었지요. 제 몸을 타고 흐르던 고통이 어느 순간 저를 관통하고 지나가는 느낌이 들었습니다. 기다란 철사가 낭창거리며 머리부터 발끝까지 몸 전체를 직선으로 통과해 갔습니다. 몸의 부분부분이 건드려지는 순간, 그것은 더 이상 고통이 아니었지요. 그냥 그것이었습니다. 제가 고통이라고 이름 붙였던 그 녀석은 그렇게 제 몸을 서너 번 흔들더니 위세가 점차 꺾이며 잦아들었습니다.

저는 그 밤을 꼬박 지새우며 그동안의 삶을 다시 돌아보았습니다. 그리고 알아차렸지요. 이제까지 제가 살아온 삶도 이러했다는 걸요. 고통과 불안이 올까 봐 온몸에 힘을 주고 살았습니다. 저에게 고통과 불안이 와서는 안 된다고 생각했지요. 몰려오는 긴장감이 싫어서 끝없이 저항했습니다. 삶을 그냥 흘러가도록 내버려 두지 않았지요. 어떻게든 상황을 통제하려고 했습니다. '이렇게 되어야 한다'라고 마음속에 미리 그림으로 그려두고, 조금이라도 의도와 다른 그림은 온 힘을 다해 거부했지요. 말 그대로 삶은 전쟁이었습니다. 제 생각과의 전쟁, 제가 지어낸 생각과 그 생각으로 일어난 느낌과의 전쟁, 저와 저 사이의 전쟁, 누구도 대신 끝내줄 수 없는 제가 일으킨 전쟁이었지요.

조금 내려놓으면 조금 평화로워질 것이다. 많이 내려놓으면 많이 평화로워질 것이다. 완전히 내려놓으면 완전한 평화와 자유를 알게 될 것이다. 그때 세상과의 싸움은 끝날 것이다.

—태국 고승, 아잔차 스님의 말

어떤 생각이 피어오릅니다. 그 생각에 따라 감정이 밀려옵니다. 저는 어떻게든 해결해보려고 태세를 갖춥니다. 하지만 이미 오기로 작정한 감정을 허술하기 짝이 없는 태세로 어찌 막아낼 수 있을까요. 그저 받아들여야겠지요. 그러나 문득 제가 받아들이는 것이 아니라 저절로 받아들여지고 있다고 깨닫습니다. 그것은 이미 일어나고 있습니다. 생각으로 저항하고 온몸에 힘을 주고 애태우고 조급해하고 불안해하는 그 순간에도 이미 그러함이 있을 뿐입니다. 통제하고 싶다고 생각할 뿐, 제 생각대로 내 입맛에 맞게 통제할 수 없지요.

가끔은 그날 게스트하우스에서의 늦은 밤, 온몸에 힘을 빼고 큰대자로 누워 완전히 항복했던 순간을 떠올립니다. 아무리 저항해도 안 되는 코너에 몰렸을 때, 비로소 저는 제 생각을 내려놓습니다. 그때 그것과 하나 되고, 그것은 저를 통과해 떠나갑니다. 지금 해야 할 일은 힘을 빼는 것, 이미 일이 일어나고 있음을 인정하는 것, 모든 게 인연 따라 머물 만큼 머물다가 지나간다는 사실을 받아들이는 것, 제 생각보다 지금 제 앞에 펼쳐진 삶을 믿는 것뿐입니다.

내가 받아들이든 받아들이지 않든, 일어나야 할 일은 일어납니다. 삶은 흘러갑니다. 전쟁으로 피 흘리고 진이 빠진 뒤에 어쩔 수 없이 받아들일 것인지, 내게 왔다는 사실을 인정하고 있는 그대로 받아들이고 스쳐 가게 할 것인지, 나는 매 순간 어떤 선택을 하고 있는지 곰곰 생각해봅니다.

좋은 헤맴 중인
너에게

이 노랠 부르고 있을 어느 날의 나에게

고마웠다고 얘기해주고 싶어

그때 울었던 네가 나를 웃게 한다는

비밀 얘기를 네게 해주고 싶어

가장 어두웠던 날도 너의 하루는 너무도 소중했다고

지금 다 모른다 해도 너는 결코 조금도 늦지 않다고

—윤상, 〈RE: 나에게〉 중에서

오늘의 윤상이 어린 날의 윤상에게 들려주는 〈RE: 나
에게〉는 제가 정말 좋아하는 노래입니다. 처음 듣고 반한 이
후로, 저는 수없이 이 노래를 따라 부르며 소녀 시절의 제
가슴에 접속해보곤 했습니다. 인생에서 가장 음악을 많이
듣던 시절, 그러니까 음악이 밥도 먹여줄 것 같던 시절, 노래
가사를 쓰는 꿈도 꾸던 시절, 윤상의 노랫말과 아름다운 멜

로디는 감수성으로 칠갑을 두른 저의 소녀 감성을 뒤흔들 곤 했지요. 아무것도 아닌 일에도 웃고 울고 기뻐하고 슬퍼하며, 언젠가 과거의 나를 도닥여주는 '멋진' 미래의 내가 있을 거라는 막연한 상상으로 어서 빨리 어른이 되고 싶다고 생각했습니다.

그렇게 소녀 시절이 지나고 청춘을 맞이했습니다. 십 대와는 또 다른 종류의 온갖 감정이 제 안으로 쇄도해 왔습니다. 사랑에 빠져 설레고 행복했고, 실연의 상처로 슬픔과 분노에 허우적대기도 했지요. 원하던 꿈에 열심히 도전했지만 꿈은 멀게만 느껴졌습니다. 희망에 부풀어 올랐다가 절망에 빠지기를 반복했지요.

면접에서 줄줄이 낙방하던 이십 대 후반, 스스로에 대한 자신감이 바닥을 쳤습니다. 내가, 내가, 이 힘든 시간이 정말 나를 자라게 할까. 두렵고 불안했습니다. 불안과 좌절의 감정이 물밀듯 밀려와 생동하게 팔딱이던 시기. 도무지 '청춘'이라고 이름 붙여주고 싶지 않을 만큼 맵고 따갑던 시절을 지나야 했습니다.

"지금 너는 힘들고 외롭겠지만 지금의 그 고통들이 너를 자라게 해서 다른 사람들을 감격시킬 거야. 네 미래를 기대해."

삼십 대를 목전에 두고 방황하던 어느 날,《잘 지내나요, 청춘》이라는 책에서 이런 문장을 만났습니다. 어떤 시기의 어떤 문장은 몸의 어딘가에 자연스럽게 스며드는 걸까요. 그러니까 내 팔에, 내 손에, 내 넓적다리에 그 문장이 스며들어 나를 호위해주어서 그 시절을 건너올 수 있었던 걸까요. 마음이 너무 힘들었던 어느 날, 이 문장을 보고 주저앉아 울었습니다. 어서 빨리 지금의 날이 지나갔으면 좋겠다고, 어서 빨리 미래의 나를 만나보고 싶다고, 구질구질한 '지금 여기'가 아닌 빛나는 미래인 '거기'로 가고 싶다고 마음속으로 빌었습니다.

　불안한 청춘에게도 어김없이 시간은 흘러갑니다. 이십 대에는 삼십 대만 되면 안정적이고 더 나아질 줄 알았는데, 그렇지도 않더라고요. 오히려 더 불안하고 더 두려웠지요. 그만큼 무거워진 어깨의 짐이 저를 무심하게 내리눌렀지요. 이제는 어느 정도 세상을 안다고 생각했건만, 세상은 계획한 대로 흘러가지 않았습니다. 앞으로의 커리어에 대한 끝없는 고민, 어긋난 관계로 인한 슬픔과 자책감……. 어떻게 살아야 하는지 답이 보이지 않아서 막막하고 불안했지요. 그러던 삼십 대 중반쯤, 우연히 펼쳐 든《맹자》〈고자장〉속 문장을 읽자마자 눈물이 줄줄 흘러내렸습니다.

　"하늘이 장차 그 사람에게 큰일을 맡기려 하면 반드시 그 마음과 그 뜻을 괴롭게 하고 그의 근육과 뼈를 고달프게 하며 그의 몸을 굶주리게 하고, 그 자신을 궁핍하게 하며 하는 일마다 어지럽게 한다. 그것은 그의 마음을 분발시키고, 인내를 기르게 해서 지금까지 할 수 없던 일을 할 수 있게 하기 위함이다."

힘들 때마다 이 문장을 떠올렸지요. 하늘은 다 뜻이 있을 거야. 이렇게 외롭고 힘든 데는 다 이유가 있을 거야. 지금 이 일은 나에게 꼭 필요한 경험이니까 일어나는 걸 거야. 곧 지나갈 거야. 그렇게 믿지 않고는 도저히 버틸 수 없던 날들이었습니다. 세상 사람들 다 행복해 보이는데 제 마음에는 매일 찬바람이 불고 어둠만이 머물렀지요.

얼마 전 우연히 〈RE: 나에게〉를 다시 듣고 긴 시간 잊고 있던, 제 마음의 문장들이 떠올랐습니다. 그 시절의 나에게 지금 나는 어떤 이야기를 들려줄 수 있을까 생각해보았지요. 우선 제일 먼저 울고 있는 나를 따스하게 안아주고 싶습니다. 그동안 많이 힘들었지, 하고 지금의 내가 그때의 나를 너른 품으로 도닥여주고 싶습니다. 그리고 이렇게 속삭여주고 싶습니다. 살다 보면 마음으로 조용히 우는 날들이 더러 있겠지만, 생각지도 않은 선물 같은 인연을 만나게 된다고. 미래의 너는 여전히 불안하고 헤매고 있지만 좋은 헤맴 중이라고. 다른 이들을 감격시키기보다 나 자신을 감격

시키고 나 자신을 더 사랑하기 위해 헤매고 있다고. 그런 지금의 내가 나는 참 좋다고.

마지막으로, 나와 똑같이 좋은 헤맴 중인 당신에게 이런 이야기를 들려주고 싶습니다.

"안심해도 돼. 삶이 네가 있어야 할 곳으로 잘 데려가 줄 거야. 그러니 지금 네 곁의 사람들과 숨 쉬는 공간, 그 찬란한 날들을 더 많이, 더 깊이 사랑하면 돼. 매 순간 '지금 여기'에 존재하며 지금 여기가 되는 것. 그게 내가 찾은 답이야."

스스로를 가장 덜 아프게 하는 선택

살아보니 어떤 순간에는 상대의 선택이 나에게 아픔이 되기도 하더라. 보고 싶은데 볼 수 없는 상황이 되기도 하고, 저 선택을 하면 많이 아플 텐데……, 하는 생각이 들면 내 마음이 종종걸음을 하는 거야. 붙잡고 얘기해주고 싶어. 그쪽이 아니야. 이쪽이야. 그리로 가면 많이 아플 거야……. 그가 돌고 돌아갈 길을 생각하면 마음이 아득해져. 마음으로 수없이 붙잡고 싶지만 그대로 두어야 하는 것도 있다는 걸 나이 들수록 깨닫게 되지.

드라마 〈스물다섯 스물하나〉를 재미있게 봤어. 일이 분 사이 순식간에 1990년대로 나를 데려가더라고. 남주혁과 김태리의 조합이 좀 멋졌어야지? 그 둘이 교복을 입고 뛰면 나도 같이 숨이 차고, 낄낄대고 웃다가 가슴이 쿵 내려앉고. 청춘물이 늘 옳다고 느끼는 건 생생하게 뛰는 가슴을 만나게 해주기 때문 아닐까. 그중에서도 이 드라마가 좋앉던 건 가볍기만 한 게 아니라 청춘들의 진한 고민까지 잘 녹아 있었다는 점이야.

드라마에서 가장 공감되었던 장면은 주인공 백이진(남주혁)이 아무런 말도 없이 떠나는 장면이었어. 그가 떠난 후 그와 마음을 나눠 가진 나희도(김태리)에게 주변 사람들이 물어봐. 서운하지 않냐고. 원망하지 않느냐고. 열아홉 살 나희도는 이렇게 답하지. "백이진의 선택을 믿어. 분명 더 나은 곳으로 갔을 거야. 좀 덜 힘든 곳, 덜 상처받는 곳. 이제 내가 해줘야지, 응원."

왜 이 장면에서 눈물이 났을까. 열아홉 살 나희도가 기특해서였을까. 응원하면서도 붙잡고 싶어 울었던 어느 시절의 내가 떠올라서였을까. 내가 떠남으로 인해 상처받았을 사람들에 대한 미안함이었을까.

사랑은 상대의 선택을 믿어주는 것 같아. 스스로를 가장 덜 아프게 하는, 더 행복해지려고 했던 선택일 거라고, 더 마음 편한 쪽으로 한 걸음 가는 선택이었을 거라고 믿어주는 것 말이야. 설령 그것이 내게 아픔이 되더라도, 그 선택은 그가 자기 인생의 지혜를 총동원해서 내린 선택일 수 있으니까. 어쩌면 그건 그의 인생길에서 그가 꼭 해야 할 경험일지 모르니까.

내가 할 일은 그저 바라봐주고, 기다려주고, 내 삶을 잘 살아가며 그에게 따뜻한 주의를 보내며 여기에 이렇게

있는 것. 그렇게 존재 자체로 그에게 '응원'이 되는 삶을 사
는 것 아닐까.

　　너의 선택을 존중해. 너 역시 행복해지기 위한 결정을
했구나. 잘했어. 그게 어떤 결정이라도 무조건 잘한 거야. 네
결정을 온전히 믿고 나아가 봐. 네게 오는 경험을 온전히 경
험해봐. 그렇게 꽃피워봐. 그러다가 문득 길을 잃더라도 절
대 잊지 마. 너를 사랑하는 사람들이 너를 기다리고 있다는
것, 온 마음으로 너를 지켜주고 있다는 것을 말이야.

동네 서점에서 우연히 이 책을 펼칠 어느 독
자를 떠올리며 원고를 썼습니다. 어떤 글에 오래 머물까? 어
떤 문장에 마음이 서성일까? 글을 한 편씩 써 내려갈 때마
다 상상 속 독자와 한 뼘씩 가까워지는 느낌. 눈에 보이지
않지만 연결되어 있다는 느낌. 처음이라 생경했지만 그 느낌
이 좋았기에 힘들어도 다시 앉아 쓸 수 있었습니다. 이 책은
자주 울고 웃고 불안해하고 행복해하는 평범하고 귀한 당신
에게 부치는 사과이모의 편지입니다. 소중한 당신께 잘 도
착했나요?

저는 직업 특성상 다양한 사람들의 이야기를 들을 기
회가 있었습니다. 사람들은 저처럼 크고 작게 출렁이며 자
기만의 질문을 안고 살고 있었지요. 사람들이 품고 있는 물
음은 주로 이런 것들이었습니다. 사랑이 너무 어려운데, 어
떻게 사랑해야 하나요? 사는 게 너무 어려운데, 어떻게 살

아야 하나요? 어떤 일을 하며 살아야 할지 모르겠는데, 어떻게 찾아야 하나요?

귀를 열고 가만히 듣다 보면 느끼게 됩니다. 우리 모두 저마다의 이유로 흔들리고 있다는 걸 말이죠. 학교에서는 가르쳐주지 않습니다. 어떻게 사랑하고, 어떻게 살고, 어떻게 일해야 하는지는 우리가 직접 세상에서 사람들과 몸을 부딪고 마음을 마주하며 경험해야 합니다. 그러면서 저마다 사랑의 범위를 확장하고, 자신이 진정으로 원하는 삶을 향해 나아가고, 좋아하고 잘하는 일을 발견하여 자기만의 빛깔을 세상에 드러내 보이며 살아가는 것이지요. 결국 삶이란 '지금 여기'에 펼쳐진 내 삶을 사랑하는 '자기 사랑'의 여정입니다.

이렇듯 우리 각자가 자기 안의 질문에 답을 찾아가는 인생 여정에서 가장 큰 방해 요인은 막연한 두려움이 아닌가 합니다. 저 역시 기쁨과 설렘에 들뜨는 만큼 두려움과 불안에 자주 마음이 흔들리곤 합니다. 다만 이제는 빛을 끌어안는 그 마음으로, 어둠도 품을 수 있는 작은 용기가 생겼습니다. 두려움으로부터 도망치지 않고 따뜻하게 환대하고 안아줄 때, 두려움이 있는 그 자리에 본래부터 존재하고 있던 사랑이 비로소 드러난다는 사실을 깨달은 덕분이지요. 마음공부를 통해 눈뜬 귀한 알아차림입니다.

참 오래도록 헤매고 방황했던 저입니다. 그래서인지 지

금 당신의 마음이 어떨지 조금은 짐작해볼 수 있습니다. 지금 이 순간 사는 게 두렵고 막막하고 불안한 당신께 진심 어린 사랑과 응원을 보냅니다. 저의 작은 마음이 이 글을 읽고 있는 당신의 마음 언저리를 따뜻하게 어루만지기를 바랍니다. 당신이 매 순간 자기 가슴을 잘 느끼며 살면 좋겠습니다. 슬플 때 슬퍼하면서 기쁠 때 기뻐하면서, 그때그때 내 가슴에 찾아온 감정을 잘 느끼며, 매 순간 지금 여기를 진하게 경험하며 살았으면 합니다. 그 무엇에 의지하거나 도망치지 않고 지금의 자기 가슴을 있는 그대로 허용하면서, 자기 자신을 온전히 사랑하면서 살았으면 합니다. 그러면 더 바랄 게 없습니다.

마지막으로, 지금 여기에 오기까지 인연을 맺어준 모든 분들께 감사의 마음을 전합니다. '길 없는 길'을 걸어가는 저를 말없이 믿고 지지해주신 부모님, 성실하게 살아가는 모습으로 삶의 방향이 되어주신 두 분께 감사드립니다. 진정한 나를 만나는 소중한 여정에 온 마음으로 함께해준 사실 학교, 나의 스승님께 이 책을 드립니다.

○ 도서

고규홍, 《슈베르트와 나무》, 휴머니스트, 2016.

고명재, 《너무 보고플 땐 눈이 온다》, 난다, 2023.

고희영, 《엄마는 해녀입니다》, 난다, 2017.

김연수, 《달로 간 코미디언》, 중앙북스, 2007.

김혜자, 《생에 감사해》, 수오서재, 2022.

니코스 카잔자키스, 《그리스인 조르바》, 열린책들, 2009.

레이먼드 카버, 《대성당》, 문학동네, 2014.

레프 니콜라예비치 톨스토이, 《사람은 무엇으로 사는가》,
   현대지성, 2021.

로버트 풀검, 《내가 정말 알아야 할 모든 것은 유치원에서
   배웠다》, 알에이치코리아, 2018.

마종기, 《천사의 탄식》, 문학과지성사, 2020.

맹자, 《맹자》, 을유문화사, 2007.

메리 올리버, 《세상을 받아들이는 방식》, 마음산책, 2024.

무라카미 류, 《식스티 나인》, 작가정신, 2021.

미치 앨봄, 《모리와 함께한 화요일》, 살림, 2017.

사이토 하루미치, 《서로 다른 기념일》, 다다서재, 2020.

서머싯 몸, 《달과 6펜스》, 민음사, 2000.

앙투안 드 생텍쥐페리, 《어린 왕자》, 열린책들, 2015.

은희경, 《새의 선물》, 문학동네, 2022.

이성복, 《극지의 시》, 문학과지성사, 2015.

장은석, 목영교, 마이큐, 《잘 지내나요, 청춘》, 나무수, 2009.

정세랑, 《시선으로부터,》, 문학동네, 2020.

파울로 코엘료, 《브리다》, 문학동네, 2010.

프레드 사사키, 돈 셰어, 《누가 시를 읽는가》, 봄날의책, 2019.

헤르만 헤세, 《데미안》, 민음사, 2000.

헬렌 켈러, 《사흘만 볼 수 있다면》, 두레, 2013.

○ 영화·드라마

〈나빌레라〉, 2021.

〈라이온 킹〉, 2019.

〈목욕탕집 남자들〉, 1995~1996.

〈미스터 션샤인〉, 2018.

〈빌리 엘리어트〉, 2021.

〈스물다섯 스물하나〉, 2022.

○ 시·노래

김춘수, 〈꽃〉, 1952.

메리 올리버, 〈우선, 달콤한 풀〉, 2009.

서정주, 〈내리는 눈발 속에서는〉, 1955.

엘리자베스 아펠, 〈위험〉, 1979.

윤상, 〈RE: 나에게〉, 2014.

이해인, 〈어느 꽃에게〉, 1999.

꽃피어야만 하는 것은, 꽃핀다

자갈 비탈에서도 돌 틈에서도

어떤 눈길 닿지 않아도

—라이너 쿤체